網路小說
人氣作家

Sunry —— 著

你是我最重要的存在

you are important to me

暗戀，是一場最華麗的單人舞。
你用盡心力，企圖換取一個回眸，即使明知一切只是徒勞，也不願放棄，且無怨無悔。

我們都曾有過一段恣意張揚的青春，
在那個懵懵懵懂的歲月裡，
我們擁有無懼的勇氣、無知的衝勁，
還有隨心所欲的笑容與眼淚。

我們勇敢的愛著、衝動的恨著、
用力的哭著、費盡的吶喊著，
滿心的期待著時間的河流能夠流動得更快一些，
快點把急著長大的我們帶進大人的世界裡。

我們要像那些大人們一樣拿著手機，
好像很專業似的聊著公事般的講電話；
我們要踩著高跟鞋，喀喀喀的走向我夢想裡的康莊大道；
我們要丟掉手上的課本，遠離那些蒼白又慘澹的青春時光，
我們要活得光鮮亮麗，就像那些大人們一樣。

終於，我們來到了大人的世界，
卻突然發現，原來大人的世界，是更加蒼白、更加慘澹。

於是，
我們又開始懷念起那個就連煩惱都很單純的年少時光。

小時候的我，並不是個聽話的孩子，個性有些孤僻，有很多大人們無法容忍的堅持。

我是家裡的長女，我出生的那一年，爸爸的事業剛起飛，媽媽為了協助爸爸，沒辦法全心全力照顧我，就把我帶回鄉下，託給爸爸的姑姑——我的姑婆照顧。

雖然同在一個縣市裡，但我們住的地方離姑婆家算起來也有將近一個小時車程的距離，那時他們工作很忙，沒辦法天天到姑婆家接送我，常常都要隔兩、三個星期，才會選一個週末假日，從鄉下把我帶回家住個兩天，星期日晚上，又匆匆忙忙開車把我送回姑婆家。

對於三歲之前的記憶，我是非常模糊的。

在我三歲那年，弟弟出生了。

而弟弟出生時，爸爸的事業已經進入軌道，於是媽媽便順理成章地待在家裡專心照顧弟弟。

我彷彿完全被他們遺忘了。

不過我在姑婆家其實過得更快樂，因為姑婆跟姑爺爺都很疼我。每天早上，姑婆會帶我去逛菜市場，買衣服、鞋子，或我喜歡吃的油炸菜丸子給我。每天下午，姑爺爺會騎著自行車載我到公園繞一繞，陪我玩玩鞦韆，或帶我溜滑梯。

姑婆跟姑爺爺家的三個孩子都已經出社會工作了，各自待在不同的城市裡，幾個月才會回家一趟。每次他們只要回來，就會帶著大包小包的禮物給我，逗我開心。

那時候，我一直覺得我就是姑婆家的孩子。我爺爺奶奶過世得早，外公外婆又住得遠，從小我對他們就沒什麼印象。

有一次我聽見隔壁鄰居小孩叫他奶奶，「阿嬤」。

那時我年紀小，不知道「阿嬤」是什麼意思，不過鄰居的奶奶年紀跟我姑婆差不多，那一天我回家後，就直衝著我姑婆叫「阿嬤」，樂得姑婆一張臉笑得皺巴巴，眼角還濕濕的。她緊緊抱住我，顫著聲，開心地一直叫我「乖孫子」。

從那天之後，我就都叫我姑婆「阿嬤」，叫我姑爺爺「阿公」。

那段日子，應該是我孩提時代最快樂的時光。

五歲那一年，爸爸媽媽到姑婆家，說要把我帶回身邊，準備要我先上一年幼稚園，緊接著上小學。

跟姑婆分開那一天，我不肯走，一張臉又是眼淚又是鼻涕的，像隻小花貓。

姑婆也哭得老淚縱橫，姑爺爺不忍心面對這種生離的場面，偷偷走到廚房去擦眼淚。

我不願意跟著爸媽回家，就死命地抱著姑婆的腳，一直叫著，「阿嬤救我！阿嬤妳不要把我丟掉……」

媽媽蹲在我身旁好話說盡，我還是一個勁地說著那兩句台詞。越說，姑婆越心酸，哭得越傷心。

後來我爸沒耐性了，硬把我從姑婆的身體拉開，攔腰抱起我，把我夾在他腋下。

我開始尖叫，手腳不停地揮來打去。爸爸被我打了好幾下，受不了地厲聲吼了我，「妳給我安靜點！」

我果然真的安靜了，被爸爸嚇安靜的。

姑婆這下子終於忍不住了，哭了起來，一邊哭一邊抖著聲說：「這孩子不能凶的，你越凶，她越不聽你的話。她很聰明，什麼事你只要跟她說一次，她就會記得。她如果不聽話，你就要跟她溝通，她會明白的。自己的孩子要自己疼。記住，不管發生什麼事，你們千萬都不可以打她，姑姑拜託你們了……」

那時候我年紀小，但姑婆這幾句話，卻不知道為什麼深深烙印在我的腦海裡。

一直到我長大了一點，偶爾想起姑婆，想起姑婆懇求的眼神和語重心長的那些話，我都會覺得姑婆跟姑爺爺是真的把我放在心裡疼惜著。

回家後，我過得十分不開心。媽媽煮的飯沒有姑婆做得好吃，住在姑婆家時，偶爾我要賴不想自己吃飯，姑婆還會拿著湯匙，一勺一勺像伺候小公主一樣地一邊說話逗我開心，一邊餵我吃飯。

但回到父母身邊，這樣的福利就只有弟弟才能享有了。我如果吃飯吃太慢，或是邊吃邊玩，爸爸就會板起臉孔，媽媽就會命令我快點吃飯，不要給大人添麻煩。

一次、兩次地被罵後，我漸漸學會看大人們的臉色，也漸漸變得沉默不多話，不再如同在姑婆家時那樣，總是吱吱喳喳地愛吵愛笑愛鬧。

五歲的我，已經提早體會到這個世界的不完美，提早體悟到自己的存在是種多餘。在我眼裡，只有弟弟才是爸爸媽媽的小孩，而我，只是一個不小心掉到他們家又不被愛的累贅。

這些話，我從來沒跟他們提起過，我把「自己一定是從外面撿回來的」這個祕密壓在心裡反覆想，反覆任其吞蝕著內心最敏感纖細的那根神經，只有深夜躲在棉被裡想念姑婆時，才會讓那些悲傷的情緒隨著眼淚流下來。

弟弟是個任性的愛哭鬼，總是動不動就哭。電視搖控器搶不贏我，哭。想碰我的玩具被我阻止，也哭。午餐或晚餐吃不完還是哭，就連睡午覺起來沒看到媽媽也要哭……

每次他只要一哭，媽媽就會立即衝到他身邊抱著他，安撫他，一邊拍著他的背，一邊柔聲地對他說：「寶貝，乖，不要哭，媽媽在這裡呢。」

這麼溫柔的話，媽媽從來都沒有對我說過。

我記得，有一次我們全家人去公園玩，弟弟一進到公園，就像脫韁野馬般開始亂跑亂竄。爸爸急急忙忙追著他跑，沒一會兒，兩個人就不見蹤影了。

那天的天氣很好，天空藍得像要滴出水來，媽媽的嘴邊掛著溫暖的微笑，眼睛看著弟弟跟爸爸。

直到他們兩個人從我們的視線範圍中消失，媽媽才轉過頭來朝著我笑，用她那揚著笑意的嘴角輕聲問我，「小綺要不要跑一跑，活動活動筋骨？」

我一聽，開心了。

跟姑婆住在鄉下的那段期間，我每天下午都要纏著姑爺爺帶我出去跑一跑、跳一跳。自從搬回家跟爸媽住在一起，每天往返的場所就只剩幼稚園跟家裡兩點一線。

現在一聽到可以在公園裡奔跑，我馬上又笑開一張臉，朝媽媽用力點頭。

然後我在媽媽微笑的注視中，邁開腳步往前奔去，卻在跑了一小段距離之後，腳下絆到一塊突起的石塊，整個人撲倒在石子路面。

我兩隻腳的膝蓋都被磨破皮了，傷口痛得我齜牙咧嘴地忍不住想哭，眼眶周圍迅速浮起一層水霧，只要眨一眨眼，眼淚就會掉下。

但是我忍住了，一聲不吭地慢慢移動自己的腳，努力想爬起來。

這時，媽媽跑過來了。

她蹲下來，看著我，神情有些擔憂，「小綺，妳有沒有怎麼樣？」

那是我第一次看到媽媽對我露出擔心的表情，不知道是出於意外還是感動，我的眼淚終於還是禁不住從眼眶墜落而下。

我以為媽媽會扶我起來，或者看到我臉上的眼淚時，會像哄弟弟那樣哄我，說著，「別哭，媽媽在這裡呢。」

可是……沒有。

媽媽只是蹲在一旁對我說：「趕快起來了，妳趴在這裡擋到別人走路了……」

那一刻，我真的哭了，抽抽噎噎地從地上爬起來，傷口很痛，但是，心更痛。

我很想問媽媽，為什麼妳不能夠像抱著弟弟那樣抱抱我？為什麼妳就連扶我起來都不願意呢？

是不是對妳而言，我的存在其實是無關緊要的？

如果不愛我，為什麼要把我從姑婆家帶回來？把我放在姑婆家，不是對大家都很好嗎？我能得到我期望的關注與愛，而爸爸跟妳，也能全心照顧那個被你們捧在手心裡愛著的弟弟，這樣不是很美好？

如果不愛我，又為什麼要生下我？

那一年，五歲的我，在弟弟的霸道與無理中，在爸爸總是帶著怒氣瞪視著我的眼神裡，在媽媽嚷著不要給大人製造麻煩的不耐煩表情下，慢慢學會退讓與委屈求全。

我的幼稚園生活過得十分平淡無奇，大概因為我是大班時才插班進去學習，而班上的同學幾乎都是從小班就一直同班，感情基礎早就很堅固，每個人也都已經有自己固定的玩伴，我根本就進入不了那些人的圈子。

加上我在學校裡向來很安靜，總是像獨行俠一樣獨來獨往，所以即使在幼稚園裡混了一年，我依然沒交到什麼好朋友。

不過那也沒關係，反正幼稚園就是去吃吃喝喝、睡覺玩耍的，所以我根本不在意有沒有朋友。

渾渾噩噩地從幼稚園畢業後，我進入距離我家只有兩條街的那間國小就讀。

上小學時，我還是一貫地沉默，有時候，在學校一整天下來總說不到幾句話，常常是老師在課堂上問問題，點名點到我時，我才會站起來出聲回應。

我記得國小五年級之前的期末學習單上，班導師給我的評語不外乎是「沉默寡言」、「文靜乖巧」、「閒靜少言」這一類敷衍了事、虛與委蛇的評語。

我的成績向來與班上前十名無緣，差不多都是在十幾二十名前前後後徘徊。

爸爸跟媽媽從來不會對我的功課有太多要求，一來是爸爸工作太忙，沒什麼時間理我，再來是媽媽早就習慣把所有注意力放在弟弟身上，無心關照我。

他們只要求我在學校乖乖的別惹事，這樣就好。

我覺得他們採用這種「無為而治」的方法，其實對我而言是項福音。

每次我只要聽到班上的誰誰誰跟同學抱怨，因為小考成績不理想，被爸媽禁止一個月不能看電視，或是某某某對同伴訴苦，說自己的數學成績比上次月考時少了幾分，被老爸拔掉電腦螢幕插頭，處罰兩個月不能上網玩線上遊戲時，我就會覺得自己其實還算滿幸運的。

要是我爸媽像那些同學的父母親那樣管教我，說不定我的叛逆期會提早到國小三年級就開始吧！

五年級時，學校照例會重新分班，那些跟我相處了四年的同學們大部分從此與我分道揚鑣，只有兩位同學跟我分到同一個班上。

我與那兩位同學不熟，同班四年來，也沒講過幾句話。

只是，畢竟同班過四年，雖然極少交談，不過他們的名字我還是知道的。

男生叫張爾陽，功課很不好，老是蟬聯班上最後一名，運動細胞卻奇佳，代表班上參加運動會短跑比賽總能拿到名次回來。他的個性十分活潑好動，在男生堆裡人緣很好，是屬於「帶頭者」的那種角色，不過有幾次打哭別班男生的惡劣紀錄，三天兩頭就被生活輔導老師叫去愛校服務。

另一個則是女生，當過我們班兩次模範生、一次品德小天使、一次品格小尖兵，總之就是我們班的乖乖牌，成績棒、人緣佳、脾氣好，長得又漂亮，聽說以前班上至少有半數以上的男生喜歡過她。

她的名字是周芷懿。

連名字聽起來都充滿文青風，你們說氣不氣人？

五年級開學第一天，周芷懿比我晚到教室，她一進門，烏黑的眼瞳向左右張望了幾秒鐘，就挺直腰桿，筆直地朝我的方向走過來。

「李靜綺，我能坐在妳旁邊嗎？」

走到我身邊時，周芷懿滿臉笑意，聲音柔柔軟軟地問我。我抬頭看著她那張笑得眼睛像彎成兩枚新月的漂亮臉孔，根本就說不出「不」這個字。

「好。」我只能點頭。

聽見我的回答，周芷懿似乎很開心，一屁股坐到我左邊的座位上，放下書包後，從書包裡掏出兩顆用彩色錫箔紙包裝的心型巧克力，遞了一顆給我，笑咪咪地說：「李靜綺，這顆請妳吃，我叔叔從國外帶回來的，聽說是黑巧克力，味道很濃，但有點苦苦的……妳怕苦嗎？」

我搖搖頭，「不怕。」

「那這顆給妳。」

說完，周芷懿就把那顆巧克力放在我的桌子上，笑嘻嘻地又說：「趁老師還沒來趕快吃，不然等等天氣越來越熱，不知道巧克力會不會化掉變軟，那就不好吃了。」

周芷懿一說完，馬上動手拆開手上那顆巧克力的包裝紙。當她把巧克力塞進嘴裡，我看見她的眉頭忍不住微微地皺了皺，又立即揚起笑容對我說：「好苦。」

其實我並不是很愛吃巧克力，不過那一次，不知道為什麼，我居然還是拆了周芷懿給我的那顆巧克力，學她豪邁地把巧克力丟進嘴裡，又學她皺著眉說：「真的好苦。」

然後，兩個女生就這麼相視而笑起來。

因為這樣的一個「巧克力情緣」，我擁有了生命中的第一個好朋友。

她的名字，叫周芷懿。

我永遠記得我五年級那位班導師的長相，她有一頭又捲又蓬鬆的頭髮，圓圓的臉上戴著一副金框眼鏡，身材胖胖的，身高大約有一六八公分，面對我們時，總是板著一張臉孔，不太會體罰學生，不過對我們要求很嚴格，只要她嚴厲的眼神緩慢地掃視我們，所有人就會馬上噤若寒蟬，乖得跟什麼似的。

班上大部分的同學都怕她，包括我。

在我們班上，唯一不怕她的，應該只有周芷懿跟張爾陽吧。

喔，對了，我們班導師的名字叫江雪青。

明明是個很文藝的名字，跟她的外型就是怎麼看怎麼不搭。

江雪青老師對周芷懿很好，從來沒對她大聲說過話，大概是因為周芷懿就是那種標準的乖乖牌好學生，人美聽話功課好，所以老師對她自然寬容許多。

至於張爾陽就不用說了，他那個人，根本是孫悟空轉世，天不怕地不怕。

跟他同班那麼多年，也沒見他怕過哪個老師，就連讓大家聞之喪膽的生活輔導老師，他也沒在怕。即便是常常被叫去愛校服務，但一服務完，還是可以看見他完全像個沒事人似的，笑嘻嘻跟在生活輔導老師身邊跳來跳去地說著話，像隻不受控的小猴子一樣。

江雪青老師因為張爾陽的頑皮凶過他幾次，不過每次都被他的嘻皮笑臉打敗。到最後，江老師沒辦法了，在某一天的課堂上，宣布讓張爾陽擔任我們班的班長，說是要訓練訓練他的責任感與同學愛。

「老師！這不公平！」

被宣布榮登「班長」這個職位時，張爾陽的臉像被八百輛卡車反覆輾過一樣，死白死白的。

他坐在座位上高舉著手，沒等老師喊他的名字，就直接站起來抗議。

「不公平什麼？」江雪青老師推了推鼻梁上的眼鏡，嘴角帶笑地看著張爾陽。

「第一，我沒當過班長，所以不知道班長要怎麼當。第二，我功課那麼爛，當班長會被別班同學笑死。第三……呃……第三……」

張爾陽抓著頭，努力地思考第三點要講什麼。

那模樣看上去，很滑稽、很好笑。

這是我第一次看到張爾陽手足無措的樣子，完全不像我印象中那個天地無懼的張爾陽。

「第一，沒當過班長可以學，沒有人天生就會當班長，如果你很擔心自己做不好，可以問問周芷懿，我想她會非常願意和你分享她的心得。」

江雪青老師的聲音輕輕的，抑揚頓挫的語調聽上去十分悅耳。她說：「第二，沒有人規定班長一定要功課好的人才能擔任，基本上，老師覺得只要是有領導能力，或是想訓練自己領導能力的人，都可以擔任這個職務。」

江雪青老師一說完，班上有許多人看見張爾陽臉上一副「我差不多可以去死一死」的表情時，都忍不住抿著嘴偷笑了起來。

「沒有第三了，張爾陽，從明天開始，你要乖乖按照時間進教室上課。班長是一個班級的表率，你要以身作則，絕對不可以再有上課遲到的情形發生。」

江老師一說完，張爾陽發出一聲哀號後，整個人就直接趴在課桌上，嘴裡喃喃地唸著，「我要轉學，我一定要轉學……」

當然，後來張爾陽終究沒有轉學成功。

據說，他是真的回家跟自己的家人提了想轉學的要求，但提案沒被採納。

畢竟他是生平第一次當班長，這對他的家人們來說，平日只會闖禍搗蛋的孩子，居然雀屏中選，被老師指定為班長，這可是莫大的光榮啊。

於是，張爾陽只好乖乖地當了一個學期的班長。這期間，他終於沒再上課遲到或闖禍，相對的，因為當了班長的關係，他確實變得比較有責任感，處理事情的風格也變得成熟穩重了許多。

江雪青老師的策略果然成功奏效。

為此，周芷懿對江老師更加崇拜與敬佩。

那陣子，她老是把江雪青老師掛在嘴邊，每次只要提起江老師，她就一副迷妹魂嚴重纏身的花痴模樣，看得我都忍不住想笑，覺得她中毒頗深，已經放棄治療了。

張爾陽那時跟我們仍然不太熟，國小時，男女生之間壁壘分明的情況還是挺明顯的。

所以，即使我們同班，即使每天相處的時間超過八個小時，但男生圈跟女生圈基本上是很少交集的。

那年紀的我們，既稚氣又單純，雖然偶爾會聽到誰誰誰喜歡某某某的消息，可是那樣的喜歡，大部分都像是有去無回的單行道，是一種只為喜歡而喜歡，不求任何回報的付出。

周芷懿依然擁有一票死忠愛慕者，雖然沒有人當面向她告白過，不過，有哪些人喜歡她，我們都是心知肚明的。

喜歡她的人當中，有一個三班的男生，叫溫禹宸，是個轉學生。

溫禹宸是五年級上學期快結束才轉進我們學校的。他剛轉進來時，曾經在我們這個年級引起不小的騷動。

孩子們的世界雖然單純，卻是熱愛八卦的。

從那些口耳相傳的八卦裡，我聽聞了一些關於溫禹宸的事。

據說，溫禹宸的爸爸是混黑道的。

溫禹宸本來就讀台北的學校，因為跟同學打架，把人家打到全身是傷，還把對方的手打到骨折了。同學家長震怒之下執意提告，溫禹宸的爸爸動用了黑道的力量把事情擺平後，便直接讓溫禹宸轉學到南部。

我還聽說，溫禹宸的爸爸為了保護他，每天都派兩名保鑣暗中護送他上下學。

因為這些繪聲繪影的傳說，溫禹宸很快就變成我們這個年級的名人。我們班上有好幾個男生，只要一提到溫禹宸，就忍不住會露出「拜託請收我為小弟」的崇拜表情。

我覺得他們簡直比周芷懿崇拜江雪青老師時露出的花痴表情還要白痴，根本就是一種莫名的盲目！

溫禹宸剛轉進我們學校的那幾天，每天下課，三班的走廊上都會三三兩兩地站著一些圍觀的人群，那些人全都是去朝聖溫禹宸的。

因為三班和我們班只隔了兩間教室的距離，加上他們的體育課跟我們班剛好在同一堂課，所以即使我沒有特意去朝聖，也在那一次又一次的偶然中，見過了溫禹宸幾次。

其實，溫禹宸看起來一點也不像是會打架的那種男生，他那張白白淨淨的臉上，有一種我說不上來的靜謐氣質，不太多話也不愛笑，跟班上的人不會過分友好，總是保持著合宜的適當距離。

他像一株不小心被丟到仙人掌堆裡的玫瑰花，耀眼奪目，顯得與周遭的環境分外地格格不入。

「我看不出來他會打架耶。」

有一次上體育課，老師要我們跑兩圈操場熱身時，我邊跑邊對身旁的周芷懿說。

「知人知面不知心。」周芷懿轉頭看了一眼跑在我們後面的三班同學們，又轉過頭來對我說：「不過，妳不覺得他真的長得滿帥的嗎？」

我聳聳肩，「還好吧。」

那時候的我，情竇未開，不管是什麼人，我都不會覺得有多美或多帥，在我眼裡，每一個人的美醜都差不多，沒有太大分別。

「我聽說昨天就有兩個人寫情書給他。」周芷懿靠近我耳邊，小聲說：「上星期有五個。」

「妳怎麼知道？」我偏過頭，好奇地問。

「欸，妳幹嘛都不驚訝啊？」

看我沒什麼反應的表情和平淡的詢問語氣，周芷懿不滿意了，要我重新反應。

「怎麼重新反應？」我不明白。

「像這樣啊……」

周芷懿說著說著，就直接演了起來。她先是睜大了眼，露出吃驚表情的看著我，然後刻意揚高語調說：「啊？妳怎麼知道的？」說完，馬上又恢復她原來的腔調，指示我，「來，說一遍。」

我覺得她根本就是個神經病！

更神經病的是，我居然乖乖照做了。

在我表演時，身旁有些人正慢慢超越過我們，跑到我跟周芷懿的前頭。而當我說完那句，「啊？妳怎麼知道的？」溫禹宸正好從我們身邊跑過去。我一回頭，就觸見他向我們投射過來的目光。

那淡淡凝視的眼眸裡，有淺淺的笑意。

有那麼幾秒鐘，我的心跳居然因為他眼底的笑意而微微紊亂了。

我迅速收回視線，周芷懿卻激動了。她抓住我的手，一張臉漲得紅通通的，不停追問我，「他是不是看我了？是不是？」

我點點頭，安慰似地回答她，「是。」

其實我也不知道溫禹宸眼裡到底看見了誰，他聚焦在誰身上，對我來說，我一點也不想關心。

但是，我又無法解釋為什麼我的心跳會因為他的注視而變得亂無章法。

我沒有把這個奇怪的反應告訴周芷懿，一直到很久很久之後，我才知道，原來當初那一瞬間的感受，有個代表性的詞語，叫作「動心」。

原來，在那個陽光和煦的午後，有個讓我牽掛一生的男生已經出現了，他只是一個無意的凝眸，我卻為他動心了一輩子。

過了幾天，周芷懿收到一封被摺成愛心形狀，飄著淡淡香氣的粉紅色情書。

情書的內容不意外地就是讚美周芷懿的美麗與聰慧，詢問她是否願意交個朋友。還問她若是同意的話，是不是可以回一封信，讓他知道周芷懿的心意……這一類的請求。只是讓我比較意外的是，信紙底下的署名居然是溫禹宸。

說不上來當我看到那封信時的心情為什麼會有五味雜陳的感受，覺得自己整個人彷彿都因為那封突如其來的信變得不太開心。

「妳說，我到底該怎麼辦？」

周芷懿問我時，整張臉上充滿了奕奕光采，就連眼睛也彷彿水波流轉般發亮著。

以前她只要看完那些毛頭小子寫給她的情書，就會直接撕掉那些信。

但這次不一樣，她居然拎著溫禹宸寫給她的情書，跑來問我要怎麼辦。

我也不知道該怎麼辦，畢竟我的情書收集率是零啊！

「妳喜不喜歡他？」

無計可施之下，我只好這樣反問周芷懿。

想不到我才一問完，周芷懿的臉就紅成了關公，答案已經昭然若揭。

「那妳就回覆他，說妳願意跟他交朋友吧。」

我的語氣淡淡的，心裡卻有些自己說不出來的奇怪滋味。

「可是……可是我還是不知道要怎麼寫啊！」

周芷懿有些苦惱地用手捧著臉。她的皮膚很白，眼睛又大又圓又黑，頭髮是天然的自然捲，髮色是好看的深棕色。平常若是有女生做這種捧臉的動作，我應該只會覺得她們做作，但周芷懿不一樣，她即使是做出一些做作的舉動，但落入我的眼底，也是可愛的。

她看著我，眨了眨她美麗的眼睛，俏麗的臉上突然又笑開來。她抓住我的手，語氣帶著興奮地對我說：「不如……妳幫我寫吧！」

「我？」我指著自己的鼻子，難以置信。

「嗯。」周芷懿用力點頭，輕輕晃著她抓住我的那隻手，對我撒嬌，「好不好嘛？拜託拜託，妳的字那麼漂亮，不用來寫情書真的是太可惜了，拜託啦……」

雖然我不明白，為什麼字體寫得漂亮不用來寫情書很可惜，不過，我最後還是答應了周芷懿的請求。

我沒寫過情書，周芷懿也沒有。

所以那封要回給溫禹宸的情書，我們兩個人絞盡腦汁，用盡我們生平所能領略的所有最美麗的詞彙，才終於完成。

寫好了信，周芷懿又努力地學溫禹宸寫來的那封信的愛心摺法，把她的情書回信也摺成一個愛心，然後跟我討論要怎麼把那封情書交到溫禹宸手中。

討論的結果，是拜託張爾陽幫忙拿給他。

「妳去跟張爾陽說。」

討論出最佳外交使人選後，周芷懿直接把信交到我手上，推推我，要我去跟張爾陽說。

「為什麼是我？」我打從心底抗拒，「我跟張爾陽又不熟。」

「都同班第五年了，再怎麼不熟也不會生到哪裡去吧？去啦去啦，妳好人做到底嘛，而且這是我要給溫禹宸的情書耶，如果是我自己拿給張爾陽，再跟張爾陽說那是我要寫給溫禹宸的情書，請他幫我轉交，這樣不是很尷尬嗎？」

很好！我又再一次被周芷懿成功說服了。

於是，我拎著那封信，走到正在擦黑板的張爾陽身邊。但我才一近，他正好一個板擦從上而下滑下來，帶著一堆粉筆灰，那些粉筆灰剛好就這麼飛散在我跟他的周圍。

我忍不住掩著鼻子咳了幾聲。

聽見我的咳嗽聲，張爾陽才轉過頭來，見我站在他身旁，於是露出吃驚的表情，不能理解地問我，「妳站在這裡幹嘛？」

「你可以跟我出去一下嗎？」我問他。

張爾陽也不囉嗦，直接放下他手上的板擦，跟著我走到教室外面去。

一直走到學校角落一個平常不太有人會經過的花圃時，我才把手上那張捏得死緊的情書拿給張爾陽。

「你幫我拿給三班的溫禹宸。」

「這是什麼？」

你白痴嗎？這是什麼你看不出來？都已經摺成愛心形狀了，你還不明白？

「信。」我說。

「我知道是信啊。」張爾陽拿著那封粉紅愛心信翻來覆去地看，一臉好奇，「這裡面寫了什麼？」

「我幹嘛告訴你？」

張爾陽轉了轉眼珠子，突然心領神會他手上拿著的是怎麼樣的一張紙。

「情書喔？」他揚著唇角，眼神充滿促狹意味。

我也不狡辯，點點頭。

「妳寫的？」

裡面的內容確實是我寫的，我聞言又是點頭。

張爾陽大概意外我怎麼會這麼誠實，他先是頓了一頓，才又揚起一臉無所謂的笑容，「妳們女生怎麼都這麼早熟啊？」

我忍不住翻了個白眼，心裡才想問他，你們男生為什麼都這麼白目呢！

見我不回答了，張爾陽於是晃了晃他手上那張信，用一種義薄雲天的氣勢對我說：「放心，這封信，我一定幫妳交到溫禹宸手上。」

「謝謝。」

道完謝，我們便一前一後地又回到教室裡。

張爾陽到底有沒有把信交給溫禹宸，我並不知道，總之，那封信就這麼詭異地石沉大海了。

不過，即使溫禹宸沒回信，周芷懿被他那封告白信撩撥起來的心意，卻是再怎麼樣也淡定不了了。

一開始，我以為周芷懿只是因為被溫禹宸告白過，所以才會特別注意他，我總想，只要過一段時間，她就會恢復正常了。

後來我才知道，在那個情竇初開的年紀，一旦有個人走進了你心裡，你便註定要一輩子記住那個人，即使你與他從來不曾有過任何交集。

暗戀，是一場最華麗的單人舞。

你用盡心力擺弄各種姿態，企圖攫取他的一個回眸。雖然明知一切只是徒勞，也不願放棄任何機會，並且無怨無悔。

我們教室位於學校中央教學大樓三樓的倒數第二間教室，每一層樓的長廊兩端都有洗手間。按理說，從我們教室走出去往右轉，只要經過六班的教室和一個樓梯口，就能解決生理需求了。

但是，周芷懿老喜歡拉著我往另一頭的洗手間走。

「妳幹嘛非要去上那間廁所啊？那裡好多人，而且離我們教室比較遠，每次去都要排隊……」

有一次，我忍不住向周芷懿抗議，不能理解她的奇怪行徑。

「唉，妳不懂啦！」她說。

我確實是不懂！明明離我們教室近的這個洗手間比較乾淨，多半也只有我們班跟六班的女生在使用。比起來，另一個洗手間就恐怖了，一班到四班的女生都習慣去那裡，多人使用的情況下，異味之重，可想而之。

周芷懿見我一直不說話直盯著她看，只好向我坦白。

「我就是想特地經過三班，看……一個人……」

周芷懿一說完，臉就紅了。

我一時反應不過來，於是傻乎乎地問：「看誰？」

周芷懿嘴邊噙著笑，見我一臉迷惘，伸手打了我的手臂一下，嬌笑著，「妳真的不知道？」

我認真地搖頭。

「溫禹宸啦。」

「看他幹嘛？」我還是沒反應過來。

周芷懿瞧了我一會兒，終於投降，有點語重心長地對我說：「李靜綺，妳這樣真好，什麼都不懂，也就沒有煩惱了。」

「什麼意思？」我偏著頭看她，大惑不解。

周芷懿笑著拍拍我的臉，「沒事啦，等妳長大，妳自然就知道了。」

我還是不懂，她明明就跟我一樣大，幹嘛說這種老氣橫秋的話？

「好啦，來，妳數學還有哪裡不懂的，拿出來我們討論一下。」

她笑了笑，從我桌上拿起我的數學習作，翻開老師昨天指定為作業的那一頁，眨著眼睛問我。

自從跟她變成好朋友，她就會常常關心我的功課，遇到我不太明白的地方，她會講解給我聽。講解一次我聽不懂，她就會再重複一次，一直到我聽懂為止。

跟她在一起，我的成績大幅度地進步了。

五年級第一學期的第二次月考時，我的成績已經擠進班上前十名。我爸跟我媽為此開心了好幾天，叮嚀成績老是在全班名次最後幾名徘徊的弟弟，要他跟我多學學。

那是第一次，爸爸跟媽媽當著我弟的面稱讚我。

那感覺很陌生、很怪異，但也讓人很虛榮。

原來要得到爸爸跟媽媽的認同並不是太困難的事，只要把成績顧好，他們就會覺得滿意了！

於是，我開始認真把心思放在課業上，遇到不懂的，就會纏著周芷懿問，非要把那些模糊不清的觀念學到完全通透明瞭才肯罷休。

周芷懿常笑說我是一個可敬的對手，依我這種打破砂鍋問到底的學習精神，大約不到半年，班上的第一名冠軍寶座肯定會易主，換我坐上去。

我覺得她真是想太多，我太知道自己幾斤幾兩重了。班上高手如雲，再怎麼樣，那第一名的寶座也輪不到我。

只是想不到，周芷懿的話猶言再耳，五年級下學期的最後一次月考，我居然真的以黑馬之姿衝進我們班第一名，而且總分還把第二名遠遠拋在後頭，差了十六分之多，跌破一堆人的眼鏡。

只有江雪青老師對我這樣的表現不意外，她在考試成績公布後，把我叫進到導師辦公室，和顏悅色地拍拍我的肩膀，對我說：「李靜綺，妳這次表現得很好，老師相信這才是妳真正的實力。答應老師，以後都要用這樣的精神去學習，相信對以後的妳一定會大有幫助，好嗎？」

我點點頭，乖順地回答江老師，「好。」

然後，江老師從她背後的櫃子裡拿出一個沉甸甸的大紙袋，遞給我。

「這裡是一些老師家裡的舊書，送給妳，這些書對妳或多或少會有一點幫助。暑假在家時，無聊就拿出來翻一翻。老師覺得妳的作文底子還不錯，但還有進步的空間，千萬別辜負了上天給妳的天賦。」

我似懂非懂地又點點頭，心裡突然覺得江雪青老師真的是位很好的老師。雖然她總是不苟言笑，但她對我們的關心，我們都是點滴在心頭的。

趣。

五年級升六年級的那個暑假，我在家閒著沒事做，就把江老師送我的那一疊書拿出來翻閱。本來我就不是個愛看書的孩子，但江老師送給我的那些書，意外地引起我的興趣。

暑假都還沒過到一半，我就把那十幾本書全看完了。看完了那些書，我的生活突然間變得失去重心。之前，每天早上醒來吃過早飯，就會急忙忙把前一日沒看完的書再拿出來繼續翻閱。現在手上的這些書全看完了，我的心空落落的，像是再也沒有目標似地有些惆悵。

媽媽見我突然不看書了，整天就這樣在客廳裡飄來晃去，問我怎麼回事，我老實招認因為老師送我的那些書我全翻完了，現在正閒得慌。

媽媽於是帶我到圖書館辦了一張借書證，一張借書證可以借二十本書，借閱期限不一，童書的借閱期是兩個星期，其餘書本則能有一個月的閱覽期。

能借書看書之後，我彷彿像又活過來一樣，成天沉浸在書本的世界裡。

爸媽看我這麼愛看書，也覺得很欣慰，又要弟弟多學姊姊。這惹得弟弟很不開心，私底下叫我「臭書蟲」。

我才不想理他，人小鬼大又愛哭，我跟他八字肯定超不合。

每個星期三跟星期六下午，我都會固定從家裡走路到圖書館去還書借書，順便到外頭去蹓躂蹓躂。

老實說，成天被關在家裡，我都快得憂鬱症了。

我的命不像周芷懿那麼好，她家就只有她一個女兒，是父母親的掌上明珠，每年寒暑假，她爸媽一定會抽兩個星期的時間帶她出國去玩。

在我們家，要是爸媽可以帶我到墾丁去住上一晚，我就覺得很滿足了，根本不敢奢望能出國玩。

不過我爸的工作忙，常常當空中飛人，台灣北中南地飛來飛去，我們全家一起出遊，最遠也就是高雄佛光山，還只能半日遊。因為，當天晚上我爸跟他的客戶還有個重要的餐敘。

每次我只要跟周芷懿抱怨我家少得用五根手指頭就數得出來的出遊次數，周芷懿都會拍拍我的肩膀，一臉憐憫的對我說：「可憐的孩子。」

其實我覺得這樣也沒有多可憐，本來我跟爸媽的感情就不特別親近，跟他們一起出門，我多少還是有點拘謹，還不如跟周芷懿到我們家附近的公園走走跳跳好玩呢！

雖然這個暑假周芷懿不在台灣，不能像平日那樣用電話嘻嘻哈哈地聊，不過幸好還有這些書陪我度過漫長的假期，我才總算不覺得那麼孤單。

有一次，我去圖書館借完書，回家途中經過一間撞球間。

我發現有個熟悉的身影剛好走進去。在意外瞧見的那一瞬間，我雖然滿肚子詫異，但在好奇心的趨使下，我只在門口躊躇了一會兒，眼睛盯著玻璃大門上那寫著「未滿十八歲，請勿進入」的牌子看，腦裡飛快地運行著各種想法，最後，伸出手推開了大門，走進撞球間。

抱著可能會馬上被轟出去的必死決心，我站在門口，賊頭賊腦地朝櫃檯張望了一眼，發現坐在櫃檯裡的姊姊也只是抬眼看了我一下，就又低下頭去玩她的電腦了。

原來門口那張牌子只是例行性的告知，裡頭的把關其實一點也不嚴謹。

一得出這個結論，我的神經瞬間鬆懈了不少，於是重新邁開腳步，朝店裡走進去。

一進去，才發現裡面的空氣中充滿了讓我不舒服的菸味。我用手掩著鼻子看了一會兒，發現裡面有五張撞球檯，靠近大門口有三張檯子，往裡面走有道只有四、五個台階往下走的階梯，走下階梯，還有兩張檯子。

整間撞球間裡煙霧裊裊，放眼望去清一色是男生，學生跟社會人士都有。像我這樣一個頂著及肩學生頭，手上還抱著幾本書看起來像乖乖牌的女生，突然出現在這種地方確實有些突兀。

我一眼就望見溫禹宸的身影，他手拿著一支撞球桿背對我，正站在最裡面那兩張撞球檯旁跟人說話。

不理會旁邊一些不認識的男生發出的無聊鼓譟聲，我筆直地朝溫禹宸的方向走過去。看見每張球檯旁都有沙發可以坐，我挑了一張沒人坐的雙人沙發坐下，把手上的書放在一旁，防止有人坐過來。

一開始，溫禹宸並沒有注意到我，只專心地跟他那個看起來像高中生的朋友打球。溫禹宸的球技應該是算好的，我見他十球裡面大約都可以打進八球，他那個朋友的進袋率好像就沒有他高了。

他們玩的那個，我在電視節目上曾經看過，好像是叫什麼 9-ball的。

他們很快就打完一局，這一局是他朋友輸了。在排球的時候，溫禹宸無聊地左瞧右看，才終於看見一直安靜坐在一旁的我。

「妳來這裡幹什麼？」

溫禹宸似乎是一眼就認出我，他朝我走過來，臉上沒什麼表情，語氣也是淡淡的。

我聳聳肩，誠實回答，「我在門口看見你走進來，就跟著進來了。」

溫禹宸一聽，嘴邊揚起一抹藏不住的笑意，對我說著，「這裡不是好孩子該來的地方。」

「那剛好，反正我也不是什麼好孩子。」我朝著他笑。

「都考你們班上第一名了，還說不是什麼好孩子。」

我的心頭「喀啷」震了一下，沒料想到他居然會注意到我，我以為他的目光裡只有周芷懿。

「你怎麼知道？」

「學校那麼小，我們又是同年級，知道這些事有什麼好奇怪的？」溫禹宸笑了笑，又說：「而且，你們班八卦的人那麼多，根本就沒有祕密。」

我無語，溫禹宸講的是事實，我們班八卦女還真的有那麼一點多，什麼雞毛蒜皮的事，只要經過她們的嘴，就會變成驚天動地的大事。

這時，溫禹宸的朋友已經排好了球的位置，叫他過去開球。

「妳快回去吧！這裡以後不要再來了。」

溫禹宸說完這句話，就回到他朋友身邊去，拿起球桿「叩」地一聲，很華麗地開了球。

我沒理會他的叮嚀，依然自顧自坐在原來的位置上看他們打球。

溫禹宸也沒再理會我，他打撞球時，舉桿、推桿的姿勢都很好看，應該是有人教過他怎麼打球吧。

他又玩了兩局，就跟他朋友說：「今天先到這裡好了，明天我們再來。」

他朋友點點頭，對他笑了笑，又意味深長地朝我看了一眼。

雖然被他盯得莫名其妙，不過我也毫不客氣地瞪大了眼看回去。

「走吧，這裡空氣不好，吸久了，妳的肺都要變黑色的了。」

溫禹宸走到我身旁，扯著唇角對我說，語氣跟表情依然都是淡淡的。

我把放在一旁的書抱進懷裡，站起來，跟在他身後走出撞球間。

一走出來，呼吸到新鮮的空氣，我才終於又感覺自己是活著的。

裡頭的空氣真的是太差了，我覺得如果天天混在那種地方，長此以往，壽命一定會減半。

「妳去圖書館借書？」

溫禹宸瞄了瞄我手上的抱著的書，問道。

我點頭，把手上的書抱得更緊了些，不想讓溫禹宸知道我借的書裡面，其實除了世界名著外，還有幾本言情小說。如果他知道我喜歡看言情小說，說不定會笑我。

我才不想讓他笑話我呢。

在我們這樣的年紀裡，自尊跟面子，往往都比生命還要重要，誰都不喜歡成為別人的笑柄。

不過溫禹宸倒是貼心，只問了那句話，就沒再說什麼了。

他陪我走一小段路後，在下一個街口跟我道別分手。

「不要再去撞球間那種地方了，那裡的人很多都不是好人，妳一個女孩子去那裡，太危險了。」

分手前，溫禹宸這麼對我說。

他說這句話的時候，眼神跟表情都很溫柔。

我看著他，想起之前同學間，傳言他是因為在以前的學校打傷人，才被迫轉學到我們學校裡來的事，突然覺得這個傳聞肯定是假的，他怎麼看都不像是會打人的人啊。

就在溫禹宸對我說完話，轉身即將離去的那一瞬間，我叫住他了。

「溫禹宸。」

聽見我的叫喚，溫禹宸很快回過頭來看著我。

「那個……我聽說，你是因為在之前的學校跟人打架，打傷了人，才轉學到我們學校來的……是嗎？」

話一說完，我馬上就想咬舌自盡了。沒事這麼好奇幹嘛？溫禹宸已經覺得我們班愛八卦的人很多，我這話一問，他肯定也會把我歸類在那些好事的人之中。

唉，好想死……

想不到溫禹宸沒有否認，他點點頭，臉上掛著淡淡笑意，雲淡風輕地對我說：「對啊！所以離我遠一點，不要被我帶壞了。」

人是一種很奇怪的生物，體內有不可拂逆的叛逆性。

越是被禁止的事物，越會想接觸；越是和你保持距離的人，越是想靠近。

張爾陽說過，這就叫「反骨」。

我想，我應該就是個天生反骨的人吧。

雖然溫禹宸叫我不要再走進那間撞球間，但每次只要去圖書館借還書，我還是會特地繞到撞球間來。

幾次之後，連撞球間櫃檯的姊姊都認識我了。

到後來，只要我一出現在門口，她就會直接告訴我溫禹宸有沒有來，在幾號撞球檯打球。

溫禹宸一開始還是會叫我不要到這種場所來，不過我不聽勸，依然故我，他發現說服沒有用，也就放棄了。

因為碰面的次數變多了，溫禹宸跟我慢慢熟稔起來。

我們開始會像朋友一樣聊天。

原來，常跟他一起打球的那個高中生，不是他朋友，是他的表哥，他們兩個人常一起玩撞球。

「他不是好人，是個小混混，妳要離他遠一點。」

溫禹宸提到他表哥時，還特別叮囑我，臉上的表情似笑非笑，我都弄不清楚事情真假了。

「但他看起來很正常啊！而且，他有一次穿學校制服來，我看他念的那間學校，是我們市裡的第一志願高中啊！」

升學高中的學生很可憐，寒暑假常常沒辦法完全輕鬆放假，學校總是會排課輔課程讓學生去學校上課。

溫禹宸的表哥大概也是這種升學制度下的可憐蟲。

「會念書、成績好的人也可能性格偏差，我哥他啊……」溫禹宸的語氣有幾分認真，又有些欲言又止，「嗯……總之，妳離他遠一點就是了。如果哪一天妳沒見到我來，只有我表哥在這裡，那妳就直接回去，不要跟他有任何接觸，知道嗎？」

雖然覺得溫禹宸的話好像是在誆我，不過，我還是乖乖點頭了。

我一點頭，他的臉上隨即露出笑容，有一種放心的神態。

有一次我和溫禹宸聊到他怎麼開始打撞球的，他才告訴我，他的撞球是他爸爸教他打的。

以前住北部時，他們家住在台北市郊的獨棟別墅，四樓一整層樓是休閒室，有一間ＫＴＶ房，是他爸用來招待客人唱歌的，ＫＴＶ房外有一座撞球檯跟桌球桌。

小時候，只要家裡沒客人，溫禹宸就會跑到他家的四樓玩，一開始是踩著凳子，裝模作樣地學他爸打撞球，小二那年，他爸見他很有興趣，拿著球桿的樣子也有模有樣，於是開始教他。

「那時候開始，我只要無聊或是心情不好，就會跑到四樓打撞球，球技應該就是這樣子練出來的吧。」

溫禹宸說，搬下來南部後，新房子裡沒有安置撞球檯，他爸的意思是希望他能把心思用在課業上，所以只在他現在家裡的三樓房間放置一張桌球桌，每個星期會讓人陪他打幾場桌球，強迫他運動流汗。

可是因為太想打撞球了，所以溫禹宸只好約他表哥一起到撞球間打球。

「打球是會上癮的，一天沒打，手就會癢，渾身就會不自在。」

溫禹宸說著笑著，那臉上的笑意很陽光、很耀眼，像一束光，就這麼照射進我的心房裡，溫暖了我所有的感受。

「那找一天你教我。」我說。

我不能明白他說的那種上癮的感覺，所以有些好奇。

溫禹宸默默看了我一會兒，終於重重地點了點頭。

就這樣，他從選球桿開始教我，然後是雙腳站立的姿勢、握桿、架橋、擊球的動作……

我的運動細胞太爛，他教得再好，動作做得再漂亮，一換到我上場，就整個大走樣，弄得他常常笑彎了腰，笑得眼淚都被逼出了眼角。

我也不惱不怒，反正他笑他的，我做我的，國父也是革命那麼多次才成功，我就不信自己學不會打撞球。

不過，打球這種事講求的還真的是天分，有天分的人，學得必然會比較快。所以整個暑假過完了，我還是只學會推出球桿，讓母球打到其他的球，至於把球打進球袋，我倒是連一次也沒有成功過。

我們最後一次在撞球間碰面練球那天，分離前，站在撞球間門外，溫禹宸看著天空，淡淡地說：「開學後，妳就不要再來這裡了。」

語氣裡，有某種超齡的成熟。

「為什麼？」

我好奇地瞅著他，當我終於開始對撞球這個運動有一點上癮的感覺，他卻要我別再來了……

「因為，開學後我就不會再來這裡了，妳一個女孩子，來這種地方也不好，所以不要再來了。」

「喔。」我點頭。

他不在，我自然不會再來，所以這個協議我可以接受。

「還有，開學後，妳如果在學校裡遇到我，就裝做不認識。」

「為什麼？」我問，無法理解他的提議。

「因為我爸是黑道的，妳跟我太接近，會被貼上標籤的。」

溫禹宸說這句話時的表情跟語氣，十分雲淡風輕。

我看著他，不能明白為什麼他可以用這麼平靜的語氣說出這些話。

在我們這種年紀的小孩，除了自尊跟面子，最看重的就是認同感。我們都想要得到別人的讚美與肯定，但為什麼溫禹宸卻可以不在乎別人用什麼樣的眼光看他？甚至，他也不需要旁人的喜歡和親近，只想把每個人都推離得遠遠的。

他是真的不需要朋友，還是因為被傷害過，所以寧願不要有朋友？

「你爸真的是黑道的？」

「是真的。」溫禹宸點頭，臉上看不出一絲開玩笑的樣子，「我們家從我爺爺那一代開始，就全是黑道的了，不過我表哥因為某些因素，性格上有些怪，行事作風也比較像個流氓，所以妳一定要離他遠一點，知道嗎？」

「那你也是黑道嗎？」

溫禹宸沉吟了片刻，才抬起頭，用他那雙清澈明亮的眼睛看著我，說：「早晚都會是。」

我聽了，心有一點沉，還有一些不甘心。

憑什麼就因為他家有黑道背景，我們就不能成為朋友？我才不在意別人怎麼看我，我就是要交他這個朋友！

「那麼在你還沒成為黑道之前，我希望你能把我當成你的朋友，繼續教我打撞球。」

我實在無計可施了，說服別人這種事，我向來最不擅長，只好搬出打撞球這件事來當說詞。

說到底，我終究還是他手把手帶出來的徒弟，雖然我的球技實在也沒辦法讓他多有面子，但比起認真學習的程度，我還是可以讓他驕傲的。

「繼續教妳打撞球這件事，我應該是沒辦法了。」溫禹宸看著我，嘴角微微上揚，「妳的資質太差了，我實在救不了。」

「你……」我轉頭瞪著他，挑釁地說：「你說這句話太過分了啦！你沒聽過鐵杵磨成繡花針的故事嗎？我就不相信我的球技會永遠這麼弱，你等著，等哪天我把自己練強了，一定找你單挑。」

溫禹宸聽我這樣說，嘴邊的笑容瞬間擴大。

他卻沒再回覆我什麼話，就只是這樣笑著。

後來，他還是像平常那樣，陪我走到下一個路口，在路邊跟我微笑著道別。

那一次，他沒有對我說「再見」。

開學升上了六年級，江雪青老師不再擔任我們導師了，她申請調回她家鄉的母校，聽說是為了方便照顧她的爸媽。

向來很喜歡江老師的周芷懿，一開學就被迫接受江老師不能再教導我們的事，她說她整個人都要崩潰了。

我的心情多少也受了點影響，原來事情早在江老師把她那些書送給我，又對我說那些要「認真向上」的話時，早就有了徵兆，只是我太遲鈍，沒有反應過來。

上學期末，江老師送我那些書的事，我沒有特地告訴周芷懿，直到江老師不再是我們的導師之後，我才誠實向周芷懿招認了這件事。

周芷懿本來就是個愛看書的孩子，她一得知江雪青老師贈書給我，她卻沒有得到相同待遇，瞪著我，毫不委婉地對我說：「李靜綺，我嫉妒妳。」

然後她纏著我，要我把江雪青老師送給我的書帶來借她看一看。

被她纏得受不了，我只好答應隔天把那些書帶來學校借她。

第二天，我拿江老師送我書時裝書用的紙袋，裝著那些書提到學校去。

在校門外，我遇見了溫禹宸。他自己一個人走路上學，我提著那一大袋重得要死的書，奔過去和他打招呼。

但溫禹宸只是淡淡瞟了我一眼，就面無表情地從我身旁走過去，好像一點兒也不認識我的模樣。

四周圍人們三三兩兩地經過，全是背著書包上學的學生，我剛才看到溫禹宸時太開心，喊他的名字喊得很大聲，以致於有許多人都聞聲朝我們這方向望過來。

但溫禹宸的反應，卻讓我大大地傻眼。

我愣在原地，看著他的背影，覺得很丟臉，想起他在暑假結束前說過的，「當作不認識」那句話時，又有點不甘心。

朋友，是拿心交心的夥伴，怎麼可以說不要就真的不要了？

我只呆了幾秒鐘，就決定重振旗鼓，再次衝過去叫他。我就不相信憑我們暑假時那些日子裡的相處時間，層層積累堆疊起來的情誼，不足以讓他再回頭看我一眼，對我笑一下。

「溫禹宸！」

這次我叫得比方才大聲，一叫完，我拔腿就跑，衝到他面前去，擋住他的去路，站在他眼前扯開嘴角，用力地對他笑。

溫禹宸還是一臉漠然。

他依然只是沉默地瞥了我一眼，什麼話也不說，腳步絲毫不停駐地繞過我，繼續往前走。

這一回，更多人在看我們了，我覺得我的自尊已經整個都碎成渣了。

我不死心，再一次跑到他面前去擋住他的去路，揚著聲說：「你不是要再教我打撞球嗎？幹嘛說話不算話？」

其實，他早說了不再教我打撞球，我故意這麼說，是想逼他開口跟我說話，哪怕是否認的字句也好。

但溫禹宸大概是已經決心把我當成陌生人了，他仍舊是那副不想理人的死樣子。

就在他又打算邁開腳步越過我時，我伸出手了，在眾目睽睽下，我拉住了他的手。

「你別走！」我說。

說完有一股氣衝進我的胸腔、我的鼻子、我的眼睛裡。

「有種你就不要走！」我繼續說。

似乎有一層薄霧擋在我的眼前，只要我眨一眨眼，那層霧就會變成水，滴下來。

溫禹宸還是不說話，他只是看了看我，就用他的右手撥掉我抓住他左手的那隻手。

我感覺，他撥掉的不是我的手，是我的心！

他重新邁開腳步往前走。但才走了幾步後，我的牛脾氣上來了，用手抹了抹眼睛後，我衝上前，再次抓住他的手。

溫禹宸還是不言不語地甩掉我的手，他一甩，我就抓，我一抓，他又甩……

到後來，我跟他槓上了，兩個人的臉色都變得十分難看，緊張的情勢一觸即發，好像下一秒我們就會打起來一樣。

身邊駐足圍觀的學生越來越多。剛開始，他們還只是小聲地竊竊私語，到後來，也就毫無顧忌地對我們兩個人品頭論足起來。

不知道是誰跑去告訴導護老師，沒幾分鐘，導護老師就小跑步跑過來，把我們兩個人都抓到學務處去了。

站在學務處裡，學務主任繃著臉問我們兩個，「為什麼打架？」

溫禹宸的嘴巴抿成一條線，死活都不肯開口。

「我們沒有打架。」我說，一臉正氣凜然，威武不能屈的模樣。

「那為什麼有人說看見你們在校門外打架？」學務主任轉頭看我，問道。

「那個人眼睛有問題啊？我只有拉溫禹宸的手，根本就沒跟他打架，說我們打架的人到底是哪隻眼睛看到我們打架了？」

學務主任看了我幾秒鐘後，又轉頭過去看看溫禹宸，然後問：「你們到底有沒有打架？」

「沒有。」我迅速回答。

「我不是在問妳！」學務主任轉過頭來，飛快的瞪了我一眼，又把頭轉向溫禹宸，沉著聲說：「你來回答。」

溫禹宸臉上什麼表情也沒有地淡淡開口，「沒有。」

就這樣，學務主任因為抓不到我們打架的證據，也瞧不見我們身上有任何打架後留下的傷口或抓痕，只好放我們回教室。

走出學務處，我跟在溫禹宸身後走，越走越心酸，覺得自己像是一個被拋棄的孤兒一樣，被一個曾經對我那麼溫柔，總是對我笑著的男孩子斷絕友誼。

小時候被父母親無視的陰影，此刻又襲上心頭。

我越走腳步越慢，越走，離溫禹宸越來越遠。

突然，「碰」的一聲，我提在手上的紙袋底部因為承受不了十幾本書的重量，硬生生地破掉了，袋裡的書瞬間散了一地。

溫禹宸大概是聽到了聲響，他終於停下腳步回頭看我。

我站在那堆四散的書旁，一臉哀淒地看著他。

此刻，若是溫禹宸向我走過來，我想我一定會忍不住心酸地掉眼淚吧！

這種感覺太委屈了，我不能接受他這麼冷漠對待我的方式，即使不像好朋友那樣待我，但至少看在我們是同校同學的分上，他也不應該做到這麼絕情啊！

然而，最後溫禹宸也只是站立在那裡朝我瞧了瞧，就轉身離開了。

我的眼淚最終還是沒能忍住，看著他漸去漸遠的身影，我慢慢蹲下身，低著頭，一面撿書，一面掉眼淚。

就在我撿了幾本書後，有一雙球鞋突然出現在我的視線中。我一喜，以為是溫禹宸折返回來了，抬頭才發現那雙鞋的主人是張爾陽。

張爾陽手上拎著一支外掃區域的掃把，不由分說地就蹲下身來，把掃把放到一旁去，動手幫我撿書。

「不過就是幾本書掉在地上，妳也可以哭成這樣？」

張爾陽不明所以，只看見我臉上的淚痕，以為我是在為書掉一地的事情哭。

我沉默著不肯說話，張爾陽也不逼我，安靜地撿好了書，把那些他撿起來的書抱在胸口，說：「這些我幫妳拿回教室好了。」

說完，也沒等我回答，就又抓起掃把往教室的方向快步前進了。

他一邊走，還一邊回頭看我有沒有跟上。

「妳走快一點啦，早自修時間都快結束了，妳再不趕快，早自習的作業會寫不完啦。等一下被楊老師發現，妳就要罰抄課文了。」

「好啦，你別催了啦，沒看到我已經在移動了嗎？一直催、一直催，你催屁啊！」

他一邊碎唸、一邊催促，搞得心情本來就不好的我忍不住發火。

「凶巴巴！」張爾陽回頭瞪了我一眼，不爽地說：「好心沒好報，哼！」

「如果你不催我，我凶你幹嘛？」

「凶就是凶，還有理由藉口？」

「事出必有因。」

「懶得跟妳理論，我爸說過，千萬不要跟女人講道理，因為女人是不講理的。」

這回我沉默了，安靜地看了張爾陽的背影一眼，心裡想，張爾陽的爸爸是對的，女人確實是不講理的……

我跟溫禹宸在校門外針鋒相對的情形，很快就被繪影繪聲地傳遍整個校園。

周芷懿中午去上廁所時聽到傳言，風風火火地衝回教室，對正在罰抄課文的我問：「聽說妳早上跟溫禹宸打架了？」

「沒有。」

我頭抬也沒抬，淡淡回答。

我們導師真狠，我不過就是早自習的作業沒來得及趕完，又被他知道早上我被抓進學務處去接受學務主任質問，直接指定了五課的國語課文要我抄寫。

後面根本有三課的課文我們都還沒有教到，他就要我抄寫，害我寫到手指都要抽筋了！

周芷懿不相信，直接坐到我前面的那個座位，趴在我桌子上看我寫字，一邊忍不住又問著，「可是隔壁班的林汝君說有人看見妳跟禹宸打架了。」

我忍不住皺眉。

「誰看見我們打架？」

「我怎麼知道？」周芷懿說：「我也只是聽見有人在說，就跑回來問妳了。難怪妳今天早上那麼晚才進教室，妳以前從來都不遲到的啊。」

「還不是妳那些書！」我飛快地抬頭瞪了她一眼，接著又繼續低頭寫字，「裝書的紙袋破了，我撿那些書花了一些時間。」

「騙人！」周芷懿根本不相信，「就那幾本書，撿一撿能花多少時間？」

我懶得跟她爭辯，早上被溫禹宸搞糟了的心情還沒有恢復，幸好注意力因為罰寫課文，才在抄抄寫寫中分散了一些，正慢慢淡忘早上的不愉快。現在周芷懿又提起來，我覺得好不容易平靜了一些的心情，又被攪亂了。

見我不理她，周芷懿又湊過頭來，睜圓了眼問我，「你們兩個人是不是交往過？」

周芷懿這句話，成功吸引我的注意力，我聞言，抬起頭來看著她，字也不寫了。

「妳這句話是什麼意思？」

「我也是聽林汝君說的，她說妳跟溫禹宸打架，是因為溫禹宸拋棄妳，妳不甘心，才在校門外堵他，要找他問清楚……」

周芷懿話還沒說完，我霍地從座位上站起來。因為用力過猛，我的椅背碰到後面的課桌，發出了一聲巨響。

還好現在是下課時間，班上鬧哄哄的，只有我們附近幾個在聊天的同學聽到聲音，轉頭朝我們看了看。

我不發一語就衝出教室，直接往三班的教室走。

周芷懿不知道我要幹什麼，但見我怒氣沖沖的模樣，於是緊張地跟著我。

林汝君正在教室裡幫他們班的一個女生綁頭髮，她旁邊還站了兩個女同學，幾個人正說說笑笑的，氣氛很開心。

他們班也跟我們班一樣，整個班上鬧哄哄，洋溢一片愉快詳和之氣。

我衝進他們教室時，沒什麼人注意到，直到我抓住林汝君的手，把她從她那群女同學裡拉出來，她吃驚放聲尖叫，他們班的人才終於把目光全都往我身上放。

我滿肚子氣正煩惱著無處發洩，剛好林汝君就來踩我痛腳，我一巴掌就直接往她的臉上招呼過去。

「三八婆，管好妳的嘴，沒有的事妳說什麼說？妳到底哪隻眼睛看到我打架了？哪隻眼睛看到我跟溫禹宸交往了？」

我紅著眼，一臉氣憤難平的憤慨。

突然被打，林汝君先是莫名其妙地愣了三秒鐘，隨即反應過來。她手一舉就打算一巴掌朝我揮過來，我眼明手快地閃了過去。

她沒打到，不死心，整個人向我撲過來。我又閃過，她沒撲到我的人，卻扯住了我的頭髮，一拉，我痛得眼淚直掉。

林汝君逮住機會把我撲倒在地，坐在我身上，兩隻手拚命往我臉上抓。

我也不是好欺負的，被她抓了幾下，我雙手胡亂地往她身上又打又捶，手背碰到她的長髮後，反手一抓，用力一扯，林汝君尖叫了起來。

我趁機又抓住她的左手，拉到自己嘴邊，狠狠咬下去。

這時候，三班已經亂成一團了，四處全是尖叫聲。

一開始被嚇傻了的周芷懿這時終於反應過來，她衝過來跪在我身邊，一邊哭一邊拉我，一邊叫著，「李靜綺……妳放開林汝君，妳不要這樣……李靜綺……」

然後有一個人推開周芷懿，一巴掌打在我的臉上，力道之猛，使我被這突如其來的情勢變化嚇傻。我於是鬆了口，不再咬著林汝君。

這個人把林汝君從我身上拉開，對著我吼，「妳鬧夠了沒有！」

我用手背抹掉滿眼的淚水，才看見原來跪在我一旁打我的人是溫禹宸。

他把我從地上拉起來，寒著臉不說話的模樣讓人心生畏怯，但我看著他，眼裡含著淚笑了起來。

溫禹宸終於肯跟我說話了……

「妳出去，不要再讓我看到妳。」

下一秒，溫禹宸已經指著他們教室門口，要我滾出去。

笑容僵在我唇邊。

我不肯如他所願，就這麼站在他面前，眼睛死命盯著他，一句話也不說。

本來尖叫聲和吵鬧聲四溢的三班教室裡，此刻鴉雀無聲，全部的人都默默看著溫禹宸跟我。

「出去！」

對峙了幾秒鐘，溫禹宸再次出聲。這一次，他的語氣比起剛才更冷淡了幾分。

「不要！」

我跟他怒目相向地對望，身體裡那股不肯屈服的牛脾氣，又這麼被激發出來。

溫禹宸知道，他就算對我發脾氣，也是拿我沒辦法，於是，他把目光看向周芷懿，語氣依然生硬地對她說：「妳還不趕快把她拉走，要等學務主任再過來抓人嗎？」

周芷懿這才如夢初醒地拉住我的手，要把我拉出三班教室。

我被她拉著走了幾步，突然用力甩開她的手，重新奔回溫禹宸眼前，不由分說地抓起他的左手，狠狠在他手臂上咬了一大口。

幾秒鐘後，有一股腥味在我嘴裡蔓延開來。溫禹宸一聲不吭，任由我這麼咬著。

三班的人全圍在我們身邊看著，沒有人敢出聲制止我，也沒有人敢向前拉開溫禹宸跟我。

似乎過了一世紀之久，我才放開溫禹宸的手。

放開他的那一瞬間，我瞥見他早已因為疼痛而死白如灰的臉色。

也瞥見我狠狠啃咬過後他手上留下的那道齒痕。

還瞥見他手上的傷口，和不斷從傷口沁流出來的紅色血液。

我更瞥見從自己眼睛裡滴落下來的眼淚，滑過他手背的心酸。

「從此之後，我們再也不相干，你也不再是我朋友了！」

說完，我轉頭大踏步地走出三班教室，一直到回到我們教室，坐回自己的座位，我才開始發抖。

我們班上依然鬧哄哄的，沒有人知道剛才我在三班的那場戰役。不過，我想他們很快就會知道了。

周芷懿跟在我後頭走進教室，見我趴在自己的座位上，她才蹲在我身旁，一隻手攬住我，抽抽噎噎地哭起來。

「李靜綺，妳、妳嚇死我了……我們……我們去保健室，好不好？妳的臉都受傷流血了……李靜綺……」

周芷懿一邊說，一邊搖著我的身體，依然哭著。

「李靜綺，妳起來……妳是不是不舒服？妳為什麼抖得這麼厲害？李靜綺……」

「周芷懿，妳先不要管我。」我的聲音悶悶地從自己臂彎裡傳出來。

「可是妳的臉還在流血……」

剛才跟林汝君打架時，她的指甲在我臉上劃過好幾次，應該是抓到我的臉都破相了吧！現在被她抓破的那些傷口，正灼燙地發熱著。

「沒關係……周芷懿，我真的很累，妳讓我休息一下，好嗎？」

周芷懿安靜了，但她放在我背上的手卻沒有放開，依然環抱著我，給我一種「我就在妳身邊陪妳」的安心感受。

然後，我的眼睛又濕熱了，眼淚從我閉著的眼縫裡，滲透滴落在課桌上。

為什麼人生的道路這麼艱困難行？

是不是走過這些苦澀的過程，我的未來就會更美好？

只是，我還來不及感受到未來的美好，就又被叫到學務處了。

學務主任看到闖禍的人裡面又有我和溫禹宸，現在還多了一個林汝君，他的眉頭忍不住皺緊了。

「這次是真的打架了？」

學務主任站在我面前，看著我臉上的傷痕問著。

我低著頭輕輕點了點。

大概是我臉上的傷痕太過觸目驚心了，學務主任一看多少也嚇了一跳，忘了要先罵我，倒是關心地問了句，「去過保健室擦藥了嗎？」

我搖搖頭。

「先去。」學務主任的命令口吻讓人無法反抗，他說：「先去保健室擦了藥再回來找我報到。」

我只好乖乖去保健室找護士阿姨報到。

護士阿姨是位溫柔的媽媽，她看到我滿臉深深淺淺的抓痕，露出擔憂的表情。

「怎麼了？跟同學打架？」她手上拿著大棉花棒，沾了一些藥，要往我臉上抹之前，還特意提醒我，「會有點痛，妳忍一下。」

不是有點痛……是真、的、很、痛！

我咬著唇，死命把那些痛得幾乎要衝口而出的叫聲拚命壓抑下來。

「剛才也有兩個學生過來擦藥，一男一女，手上都有咬痕。女生的還好，只被咬出一點小小的傷口，擦點藥很快就會好了。」

護士阿姨一邊幫我擦藥，一邊說：「那男生的就嚴重了，手上傷口很深，我幫他消毒時，他吭都不吭一聲，不過應該真的很痛，我看他整張臉都蒼白了，真是個會忍痛的孩子。問他跟誰打架被咬成這樣的，他都不說……你們這年紀的孩子，正值叛逆期，很多事問了你們也不會說。不過，有些事情真的解決不了，也不要用拳頭來解決，可以找信任的大人問問。雖然我們這些大人的經驗不見得很豐富，也還是可以提供一些意見的。」

阿姨抬起頭，對我笑了笑，又說：「你們現在在走的路，我們以前也都走過，就算經歷的事不見得相同，那煩惱跟心境是差不多的。」

我閉著眼沉默著，感受到護士阿姨手上的棉花棒一下又一下，輕輕在我臉畫過的觸感。

「好了。」

幾分鐘之後，護士阿姨終於收起棉花棒，宣布收工。

「謝謝阿姨。」我站起來，向她彎腰道謝。

護士阿姨拉開她的辦公桌抽屜，從裡面拿出一顆黃金糖遞給我。

「阿姨心情不好的時候，就會吃一顆糖。來，這顆糖給妳，以後妳如果心情不好就來找阿姨拿糖，不要再跟人打架了，好嗎？」

不知道為什麼，接過護士阿姨手上的黃金糖的瞬間，我的眼睛裡突然聚滿了淚水。心情有些激動，有一種被珍惜著的感動。

我點點頭。

護士阿姨拍拍我的肩膀，溫柔地微笑著，「要當個好孩子，知道嗎？」

我把自己的頭壓得低低的，怕不小心就被阿姨看見我眼裡的脆弱。

「好。」我的聲音也低低的。

再次向護士阿姨道謝後，我低著頭走出保健室。一走出來，就連忙用自己的手背抹掉累積在眼底的淚水。

無論如何，我都不能讓人看見我的軟弱。

我在心底對自己這麼說。

再次回到學務處，溫禹宸跟林汝君都還被罰站在窗戶邊，聽見我在門口喊了聲「報告」，兩個人同時轉頭朝我望來。

看見我，林汝君的眼底還有一抹不屑，她應該是很生氣我把她精心綁得漂漂亮亮的蜈蚣辮扯得亂七八糟的吧！

我低著頭走進學務處，學務主任叫我過去跟他們站在一起，然後開始詢問我們整件事情的經過。

「是她先衝進我們教室裡打我的！」

林汝君指著我開始指控，眼淚還很配合地流下來，滿臉委屈。

她以後一定非常不得了，進演藝圈肯定會成為演技派的演員！

「她說的是真的嗎？」學務主任雙手扠著腰，目光掃向我。

我無從反駁，只能點頭。

「妳為什麼要打她？」主任又問。

我緊抿著嘴，不肯回答。

等了幾秒鐘，主任見我不回答，於是語氣強硬了些，「快說！」

我還是低著頭，不出聲。

又等了一下下，主任看我態度頑強，只好轉頭問林汝君，「她為什麼要打妳？妳們兩個人吵架了嗎？」

「沒有！」林汝君還是那可憐兮兮的模樣跟聲音，「我不知道她為什麼要打我啊！我根本什麼事也沒有做……」

「說謊！」

聽見林汝君這樣說，我終究還是忍不住出聲。

「我沒有說謊，我說的是真的，主任！」

林汝君還是那副自己是受害者的苦情女配角表情，看得我都有點後悔剛才沒有更用力打她了。

學務主任很有威嚴地橫了我一眼，「換妳來說。」

本來一堆話想要申訴的，但我瞥了溫禹宸一眼，他始終低頭看著地上，好像今天這些事全都跟他沒有關係的模樣，那些話便被我倔強地收在心裡，不想說出來了。

「我沒有什麼想說的。」我說。

「那妳剛才為什麼說她說謊？」主任又問。

我用沉默回應主任。

氣氛就這麼僵持著。

之後，主任又問了我幾次，我還是不肯配合地回答。搞到主任失去耐心，直說要罰我兩個星期的愛校服務。

愛校服務就愛校服務吧，我其實並不是那麼介意的。

後來主任又問溫禹宸他手上的傷口是怎麼弄的。

「她咬的。」

溫禹宸還沒回話，那個多嘴的林汝君就指著我，向主任報告。

主任只好又把目光重新移回我身上，問我，「妳怎麼這麼愛咬人？」

我抿了抿唇，沒回話。

「報告主任，都是我的錯。」

一直安靜著的溫禹宸竟然開口了。

迎向主任看向他的眼神後，溫禹宸繼續說：「是我先打李靜綺，所以她才反擊的。」

哪知道，站在一旁不甘寂寞硬是要刷存在感的林汝君，這回又開口了。

「主任，溫禹宸是為了要幫我才打李靜綺的，所以他也是受害者，他不是故意的，但是李靜綺一定是故意咬我們的。你看，她咬到我手都流血了……」

林汝君一說完，還無限委屈地伸出自己的手，要主任看她手上那個被我狠咬過後留下的齒痕，和上面那一個個米粒大小的傷口。

不過對於林汝君的刻意維護，溫禹宸可不領情，他依然堅持自己的說法，告訴主任，「李靜綺真的是因為我先對她動手，她才反擊咬我的。」

我不能明白溫禹宸為什麼要幫我說話，他大可以像林汝君那樣說一些對我不利的話啊，反正我們早就不再是朋友了。

最後，學務主任決定讓溫禹宸跟我各罰愛校服務兩個星期，並記警告兩支。

而始作俑者林汝君因為扮演受害者的演技過於精湛，安然地全身而退。

那天放學回家後，我看見媽媽的臉色十分難看。

學校大概已經把我在學校闖禍的事通知家裡了吧！

我走進家門時，媽媽正在整理客廳，她抬頭看了我一眼，臉上沒有平日的笑意，也沒有問我今天在學校好不好。

媽媽只是皺皺眉頭，看著我。

在學校折騰了一天，我其實也累了，中午又被叫去學務處，沒能好好午休，我們那個沒同情心的新導師還雪上加霜指定了許多作業給我。我光想到那堆可能會讓我寫到睡前都寫不完的作業，整個人就更累了。

我脫了鞋，站在玄關等媽媽開口罵我。

但她只是一個勁地沉默著，什麼話也沒有說。

既然她不說話，那我也不想浪費時間在這種沒有意義的罰站上。

「我回房間寫作業了。」

我拉了拉書包，看著媽媽說，說完，就往我房間的方向移動。

「小靜。」

媽媽終於出聲叫住我。我停下腳步，轉頭看媽媽，我等待的是她的一個巴掌，或是一些訓斥我的話。

但是，她只是走到我面前，用力地抱了抱我。我聽見她的聲音從她的胸腔裡響起，「下次不管遇到什麼事，記住，都不可以跟人打架，妳看看妳，一張漂漂亮亮的臉被抓成這樣，媽媽看了都心疼了。」

我撐了一整天的堅強，終於在此刻徹底崩潰了。

這眼淚一掉下來，就再也止不住了。

我在媽媽的懷抱裡哭了好久。

媽媽只是輕輕拍了拍我的背，什麼話也沒多問，她讓我忘懷地哭著，好像是要我用力宣洩心裡的種種不滿，藉著眼淚洗滌我心裡坑坑疤疤的傷口。

那個晚上，我睡得特別安穩，大概是在學校折騰了一天，早已經身心疲乏，再加上媽媽意外的溫柔，讓我本來懸著的一顆心終於平穩安全地落了地。

隔天去學校時，我在校門外又遇見了溫禹宸。

他站在路旁，像是在等什麼人。

「李靜綺。」

經過他身旁時，他開口低聲叫我。

聽見他叫我的聲音，我的心臟不知道為什麼居然有一絲抽痛。

但我終究還是選擇了無視，彷若不曾聽見般從他面前無情地走過。

接下來，連著好些天，每天早上他都會守在我上學的路上。

每當我從他面前經過，他就會開口低聲叫喚我的名字。

而我，早就把自己的心圍上層層銅牆鐵壁。雖然還是會懷念我們一起走過的那段美好的日子，但在他無情地傷害我之後，我就已經決定要把他從我的世界驅離。

周芷懿受了我的影響，本來對溫禹宸還存有的那一絲美好印象，也終於完全破滅，她說枉費她曾經還真心覺得他不錯，現在看來，只能說她當初是被蒙蔽了雙眼。

幾天過後，因為我堅守承諾不再把溫禹宸當朋友，他也就不再到校門外等我了。

雖然心裡難免有一些失落，但我的日子終於回歸平靜。

曾經的絢爛，就像是夜晚天空燦爛的煙火，美麗卻稍縱即逝，只能把那璀璨的過往藏在自己的人生風景裡，偶爾拿出來回憶時，感受當時的快樂與美好。

我重新把心思放回功課上，一如往常般地跟周芷懿黏在一起，跟她討論功課上的難題，跟她分享男生們寫給她的情書，跟她研究最新一期時裝雜誌上哪個模特兒穿的衣服最好看……

日子好像又回到從前，我好像也又回到以前那個無憂無慮的李靜綺。

但其實只有我自己知道，我的心境，早已經不一樣了。

雖然表面上我已經不再把溫禹宸當朋友，但事實上，每當我們兩個班級一起上體育課，我的目光還是會偷偷追隨他的身影。

只有自己的心跳是騙不了自己的。

我於是明白，原來，我是喜歡他的。

可是，我們終究還是只能變成擦肩而過的陌生人。

六年級下學期，周芷懿告訴我，她爸媽把她的戶口遷到她爸的一個朋友家借戶，說是要讓她去那個學區的國中就讀。

「妳要不要跟我去讀那間國中？我爸說那間國中管教方式比較嚴格，像我們這種年紀的學生，必須要更加嚴格管教，才不會變壞。」周芷懿拉著我的手問。

其實，國中要進入哪間學校我沒什麼特別感覺。不過，一想到畢業後就要跟周芷懿分開，我又有些不捨。

「我回家問問我爸媽。」

「耶！」周芷懿抱著我，開心地又叫又跳，她直嚷著，「一定要成功說服啊，不然我就要孤單了。」

我點著頭，被她臉上的笑意感染，也跟著笑了。

那天晚上吃晚飯時，我把周芷懿說的話轉述給爸媽聽。

爸爸聽完，沒什麼特別反應地繼續吃著飯。

倒是媽媽，她認真問了我幾個問題，包括「妳真的也覺得那裡不錯嗎？」、「可是那個學區離我們家有點遠耶，不知道有沒有校車，如果沒有，妳要怎麼上學？」、「聽說那間學校的老師教學時特別凶，學生成績退步會被罰，妳會不會怕？」這一類的問題。

老實說，聽媽媽這樣說完，我還真的不想進那間國中了。

我這個人放縱習慣了，就連讀書也都是沒人逼才會自動自發，如果有人逼迫，我肯定會反其道而行，完全的反骨性格，誰也改不了。

「那就……再看看吧。」我一邊扒著飯，一邊若無其事地回答。

「讀我們學區的國中就好了啦，這麼麻煩做什麼？不過就是讀國中，又不是上大學，不用這麼費事。」

一直沉默的爸爸終於開口。於是，我的國中學校選擇，就這麼簡單的在一頓飯的時間裡決定下來了。

第二天去學校時，我才剛進教室，比我早到的周芷懿就興沖沖地衝過來，睜著她那雙清亮迷人的大眼睛，笑嘻嘻問我昨天跟我爸媽談判的結果。

我捨不得讓她太傷心，但又覺得一直隱瞞下去對她也不好意思。

在心裡掙扎了幾秒鐘後，我說：「失敗了。」

看著她光采漸漸黯淡下去的雙眸，我頓了頓又說：「我爸說那間學校離我們家有段距離，他覺得交通很麻煩，沒人接送我，他不放心。」

「喔。」

周芷懿漂亮的臉上盡是失望的神色。

「不過，沒關係啊！就算我們不是同一間國中，有空還是可以互通電話，還可以學以前那種筆友啊什麼之類的寫信給對方啊。」我試著安慰周芷懿。

周芷懿聽我這麼一說，終於又笑了，伸手輕輕打了我一下。

「很過時耶妳，現在都什麼時代了，還有人寫信的嗎？打電話比較快吧！」

「寫信比較浪漫嘛！而且妳看，如果一封信由郵差交到妳手上，信封上還蓋著郵戳，感覺是不是很慎重？」

周芷懿想了想，同意地點頭，「好像是耶。」

「那畢業以後，我們除了通電話，也要記得寫信給對方喔。」

「好。」周芷懿用力點點頭，臉上終於又露出雨過天青的笑意。

國小畢業典禮那一天，周芷懿抱著我，哭得像要生離死別一樣。她一哭，班上有幾個女生都忍不住了，跟著稀里嘩啦地流眼淚。我的鼻頭也跟著酸起來，但終究沒有掉下眼淚來。

周芷懿拉著我，說要再到校園的每個角落晃一晃，把這裡的一景一物都牢牢記在腦海裡，我便任由她拉著我四處跑。

我們走過學校的圖書館、禮堂、廚房，還有以往學生們最懼怕的學務處、導師室、校長室。每到一個地方，我們就會駐足停留一下。

後來，我們來到操場，站在籃球場旁的大榕樹下，周芷懿跟我的眼光都望向操場的方向。

我想起溫禹宸跑步時的模樣，想起溫禹宸跳遠時那飛躍的姿態，想起溫禹宸打籃球時投籃的專注表情，想起溫禹宸教我打撞球時的溫柔語氣，想起溫禹宸送我到街口跟我分別時說再見那眉眼帶笑的神色，想起溫禹宸打我的那一巴掌，想起我咬住他的手臂他一聲不吭的忍耐，想起他站在校門外輕聲叫喚我名字的聲音……

然後，我的眼淚無聲無息滴落下來。

溫禹宸，他將會是我的人生裡最美麗的一道風景。

我的快樂與悲傷，全都來自於他。

是他豐富了我所有的人生感受，是他把我從那個無憂無慮的世界，帶進這個會為一個人傷心與開心，失落與想念的愛情國度。

再見了，我的國小歲月。

再見了，我的初戀。

再見了，溫禹宸……

國中新生報到的那一天，我意外發現竟然又跟張爾陽同班。

「嗨，我們怎麼這麼有緣分？」

張爾陽甩著書包，走進教室後，一眼就看到坐在角落的我，於是走過來坐在我旁邊的空位上，笑嘻嘻地對我說。

我白了他一眼。

真是個陰魂不散的傢伙。

都同班六年了，怎麼命運之神就是不肯放過我們？

開學第一天，我們導師就要我們先推選班級幹部。因為大家都不熟，所以只要有人被提名，大家就會把票全投給那個被提名的人，讓被提名的倒楣鬼順利當選。

選到康樂股長時，坐在我旁邊的張爾陽舉手了。

全班的人目光全移到他身上。

當導師點點頭，說：「好，後面那位同學。」張爾陽立即站起來，清了清喉嚨，說：「我提名……張爾陽。」

然後全班同學的眼睛開始四處張望，找尋那個即將發生慘叫的聲音來源。

只有我，摀著嘴偷偷笑了起來。

這個天兵啊！我第一次看見有人提名自己的。

等了幾秒鐘，沒見到人舉手，也沒有人慘叫，老師又問了，「張爾陽同學是哪位，可以站起來讓大家認識一下嗎？」

這時，剛落座的張爾陽，又從自己的座位上站起來，抓抓頭，有些靦腆地說：「我……我就是張爾陽，我想提名我自己啦。」

全班瞬間哄堂大笑。

張爾陽的勇氣，讓他成功成為我們所有幹部裡得票數最高的一個。

新學校，新生活，我沒什麼適應不良的問題，我想這大概都要歸功於張爾陽。有這麼一個無腦的開心果在我身旁轉來轉去，老說一些對人生沒什麼建設的白痴話語，把我本來很平淡的日子搞得很吵鬧，我想，其實也不算太壞。

至於在另一個學校的周芷懿，則跟我維持著一星期通兩次電話和一封書信往來的頻率。

她說她真羨慕我，一到新學校，就有老同學跟我同班，這樣有什麼不懂的，還可以直接找老朋友商量，至少不會是孤單一個人。

她還說，溫禹宸跟她進了同間學校，雖然不同班，但碰面的機會倒是很多。

「他一進學校，就引起很多女生注意，畢竟人長得帥又高嘛，妳也知道，身高夠高就很吃香，對吧？」

溫禹宸的身高在一堆發育期的男生裡面，還真的算是高的。

「不過他還是一樣孤僻難親近，我常常都是看到他自己一個人去上廁所。」

周芷懿這麼一說完，我就笑了。

「他們男生又不會像我們女生一樣，連上個廁所都要成群結隊啊。」我說。

「說的也是喔！」

周芷懿自己說完，自己也忍不住笑起來。

就這樣，我就算沒跟溫禹宸同校，也能斷斷續續地從周芷懿嘴裡得知溫禹宸的事情。

聽說，他當了他們班的班長。

聽說，同年級的校花向他告白，被拒絕了。

聽說，他變得開朗了些，終於會跟班上同學一起嘻笑打鬧。

聽說，他變成他們那個年級的大哥，每次下課要去福利社時，身後就會跟著一堆人，搞得好像廟會出巡一樣。

聽說，他們學校的學務處對他發出警告懲戒，原因是他帶頭結黨，有帶壞同儕之嫌。

聽說，他……

聽到越多關於溫禹宸的消息，我的心就越痛，想念就越沉重。

漸漸的，有了新生活、新朋友的周芷懿跟我的聯繫越來越少了，從一星期兩通電話和一封信件的通訊頻率，減少到一星期只剩一通電話，幾個星期才一封信。到後來，我們的聯絡越來越少，一個月才通一次電話慢慢變成常態。

說不失落是騙人的，但我也有自己的日子要過。

只是，沒了周芷懿的通風報信，我也失去了溫禹宸的近況消息。

都說了時間是治療失戀最好的良方，但對我這個還沒來得及戀愛就直接失戀的人來說，時間沒有治療好我的失戀症狀，卻加深了我無以復加的思念。

在學校裡，我並沒有交往到像周芷懿這樣可以毫不掩飾交換彼此祕密，也不怕被對方背叛的朋友。

不過，可以聊天的朋友倒是有幾個。

其中，跟我最聊得來的女生叫沈馥萱，是一個外表看起來文靜，但其實混熟了之後，就會知道她是個人來瘋的女孩子。

她跟周芷懿最相似的一點，大概就是個性直來直往，沒什麼心機。

沈馥萱最讓我崇拜的是她的繪畫功力，她超級會畫畫的，而且是像少女漫畫那種一看就複雜得不得了的畫。她曾經給我看過她畫的作品，居然還是那種有劇情的少女漫畫。

她說她沒事就會做公主跟王子相遇的白日夢，所以整個畫風都充滿浪漫氣氛。

有一次，沈馥萱拉我陪她去福利社。買完飲料回教室的途中，她偷偷問我，覺得張爾陽那個人怎麼樣。

「白痴一個。」我咬著飲料吸管，想都沒想就直接回答。

「妳不覺得他很帥嗎？」沈馥萱睜大了眼問我。

「不覺得。」我老實回答。

「聽說妳國小跟他同班過，是嗎？」

「對！國小整整同班了六年，有夠倒楣的。」我吸了一口紅茶，繼續說：「他從以前就是一個小白痴，現在長大了，也就跟著年紀增加，進化成一個大白痴了。」

「哪裡會白痴？我就覺得他很聰明啊！妳看他的數學那麼好，數學老師不是老誇他的腦袋很靈活，理解能力很強？」沈馥萱持續幫張爾陽講話。

「也就只有數學可以讓他驕傲吧！妳看他其他科的成績，尤其是英文，從來沒有及格過呢！」

「那是他還沒認真吧！說不定等他願意念書，成績就會突飛猛進了。」

沈馥萱說完這句話，我猛然頓悟過來，於是笑嘻嘻地問她，「欸，妳不會是喜歡他吧？」

沈馥萱的臉瞬間紅得像顆蘋果。

她拉拉我的手，害羞地說：「妳不要說出去，也不要讓張爾陽知道這件事喔。」

我也經歷過暗戀這樣的事，知道喜歡一個人是怎麼回事，也能明白在那樣的青蔥歲月裡，我們是多麼容易就把一個人放進自己心裡，認認真真地喜歡著，歡歡喜喜地珍藏所有關於對方的點點滴滴，並且不求回報，也不讓對方知曉。

只要這麼安靜地喜歡著就好。

自從知道沈馥萱的心事，我彷彿多知道了一件祕密，目光會不由自主地偷偷追尋張爾陽的身影，偷偷觀察他。

張爾陽在班上的人緣很好，這大概是跟他豪邁、不拘小節的個性有關係。在班上，我是最常跟他講話的女生。

原因無他，因為我跟他認識最久，又剛好坐在他隔壁。

張爾陽跟以前國小時已經有些不一樣了，他的身高不再像小時候那麼嬌小，也不再那麼愛闖禍、耍白目，成績也已經慢慢往上爬，不再老吊在車尾。他已經不會像以前那般惡作劇，跟女生說話時，語氣裡多了一絲顯而易見的溫柔。

我突然發現，其實張爾陽確實長得有那麼一點帥。

加上他超厲害的運動細胞，幾乎沒有任何一項運動項目難得倒他，所以在學校運動會上，他以壓倒群雄之姿出盡鋒頭，就連其他年級的學長姊們，都知道有個一年級生名叫張爾陽。

張爾陽就這麼地成了我們那個年級的名人。

張爾陽的生日是在四月初，沈馥萱有一陣子對星座超級著迷，她說張爾陽是白羊座，她自己是獅子座，獅子跟白羊是超級合拍的兩個星座。

那一陣子，沈馥萱像瘋了一樣，老拿著張爾陽的生日跟她的生日去算兩個人的緣分深淺，塔羅牌、撲克牌、紫微斗數……一堆有的沒的她都能拿來算。

要是算到她自己滿意的，那還好，如果算到不合自己心意的，她就會重算，一定要算出一個好的結果，她才肯罷休。

私底下我笑她這是掩耳盜鈴，完全是自己在欺騙自己的小把戲。

但沈馥萱才不管，她說她就是要看到她跟張爾陽有好的結果才會開心。

「那妳不會去跟他告白？妳那麼漂亮，搞不好一告白就成功了呢！」我認真提議。

沈馥萱一聽見我說她漂亮，開心地雙手捧著自己的臉，笑得迷人地問：「真的嗎？我真的漂亮嗎？」

我真誠無偽地點頭。

「但是不知道張爾陽會不會喜歡我……」下一秒，沈馥萱又皺起眉頭，有些煩惱地說：「妳知道他喜歡什麼樣的女生嗎？」

我搖頭，突然又想起國小時，好像聽過張爾陽也喜歡過周芷懿的傳聞，就又開口對沈馥萱說：

「不過，以前聽說過他好像喜歡過一個女生，是個功課好、個性開朗、沒心機的那種女生。」

「那他現在還喜歡她嗎？」

我又是搖頭。想起五、六年級時，張爾陽跟周芷懿那比普通同學還要普通的互動關係，怎麼樣都感覺不到他們之間有什麼曖昧。

「我不知道。」我說完，又補充了一句，「不過我猜，應該是沒有了吧！那女生也沒在我們學校讀書啊。」

沈馥萱一聽，又開心了，她抓著我的手，搖了搖，信誓旦旦地對我說：「從今天開始，我一定要認真學習，先擠進全校前百名，再進前五十，再進前二十……妳說，如果我成績變好了，張爾陽會不會就開始注意到我？」

我安慰般地朝她點點頭，「應該會吧！」

其實，我根本就不知道張爾陽會不會真的因為成績的好壞而注意到某個人。

但沈馥萱的眼睛卻因為我的那句肯定句漾出迷人光采。

一種愛情的光采。

沈馥萱說到做到，開始變得認真聽課、細心解題，她的參考書上畫著各種顏色的螢光筆，還在每頁書頁的空白處，用她娟秀的字跡一筆一畫寫下重點整理。

受了她的影響，我也開始把自己的心思放在課業上，一念書，我就沒什麼時間去想溫禹宸，不想他，我就不會被思念綁架，心，也就不會那麼痛了。

然後我們天真無憂的小國一生活，就在沈馥萱日復一日在我耳邊叨唸著「張爾陽」三個字的歲月中流逝，華麗麗地結束了。

國一升國二那年的暑假，我照例又是固定一星期兩次的圖書館借還書行程。

有一次，我從圖書館借完書，回家的途中，不知道為什麼，突然心血來潮特地繞路到以前溫禹宸教我打撞球的那間撞球場。

在撞球間門外，我駐立了一會兒，聽見裡面有昔日熟悉的吵雜笑鬧聲和歡呼聲。

驀然間，我想起溫禹宸的臉，想起溫禹震溫柔地看著我，不說話的表情，心臟突然一陣揪緊。

想起溫禹宸曾經叮囑要我別來這裡，我明知道他是為我好，但如今，他都已經不要我這個朋友了，我為什麼還要聽他的話？

我賭氣般地決定走進撞球間看一看。

只是，當我還站在撞球間門口深呼吸，準備走進去時，有個人卻突然走出來，看見我時，我們同時愣住了。

「李靜綺，妳站在這裡做什麼？」

張爾陽從裡面走出來，嘴裡叼著一根菸，一副痞樣地看著我。

「你才是！你在這裡幹嘛？」

我有點傻眼，張爾陽他……居然會抽菸？

「我在裡面跟朋友打撞球啊！」

張爾陽回答得理所當然，我的眼睛卻只看見他嘴邊的忽明忽暗的香菸頭，看得我渾身不舒服。

想都沒想，我伸手就搶下他嘴裡的菸，丟在地上用鞋底把香菸上的火苗踩熄。

「你才幾歲？抽什麼菸！」

張爾陽愣了兩秒鐘，旋即笑了，無所謂的回答著，「抽著好玩的啦！今天第一次試，味道其實也還好，沒有比口香糖好吃。」

「以後不要再做這種不健康的嘗試了，你沒看到宣導短片裡那種黑掉的肺有多可怕嗎？」

張爾陽笑了，睨著我說：「妳才幾歲？怎麼比我媽還囉唆啊？」

我狠狠瞪了他一眼，要不是念在我跟他同班七年，再加上他又是我好朋友沈馥萱暗戀的對象的分上，我才懶得管他死活呢！

「我要去買飲料，妳要不要跟我一起去？」

張爾陽沉默了一會兒，見我還站在原地不動，於是開口邀我。

「裡面不是有賣紅茶、綠茶之類的嗎？」我問。

以前跟溫禹宸打撞球時，他都會幫我叫一杯加滿冰塊的冰紅茶請我喝，我記得收費還不便宜，好像一杯要四十元，重點是，紅茶的茶味還很淡。

但是，因為那是溫禹宸買給我喝的，所以，我每次捧著那杯冒著小水珠的冰紅茶杯時，總是笑得很開心，喝進嘴裡，整顆心都變成蜜一樣的甜。

「妳怎麼知道？」張爾陽好奇地看著我，問道，「妳來過？」

我點頭。

「妳也會打撞球？」

「只會一點點。」我老實回答，「打得不好。」

張爾陽的眼睛睜得更大了，他興奮地說：「真的嗎？那等等妳跟我進去玩一下，我正找不到人陪我練球呢！裡面的人個個都是高手，像我這種菜鳥，他們只有無聊時才會教我玩一下。有比賽的時候，他們根本就沒人要理我。」

「他們不理你，你不會乾脆回家算了？幹嘛在這種地方混？又不是什麼好地方！」我不能理解。

張爾陽定睛看了我一會兒，笑著說：「欸！妳不懂啦！」

陰陽怪氣！

我又瞪了他一眼。

陪張爾陽到附近的便利商店買了幾瓶飲料後，我又跟著他回到撞球間。

其實在回來的路上，我的心情並不平靜，因為張爾陽跟我說，他這個暑假幾乎天天都會到這裡跟他的幾個朋友一起玩撞球。

我不知道他嘴裡說的那些朋友裡面，是不是也有溫禹宸。

但我沒問出口。

有些事，只要我自己知道就好；有些祕密，只適合我自己收藏就好。

回到撞球間，一切彷若昨日，整間店裡的擺設跟氣味，還是我記憶裡的樣子。

但是，坐在櫃檯裡的姊姊，卻已經不再是我認識的那一個了。

我環顧了店內一圈，沒有看到溫禹宸……

心情難免有些失落。

不過，我想這樣也好，如果真的在這裡遇見他，我也不知道要用什麼樣的心態面對他。畢竟，當初我們是以那麼不堪的方式斷絕聯繫。

裡面五張球檯，有四張都已經有人在使用了，張爾陽到櫃檯買單後，領了一組球，帶我到最裡面的一張空球檯，問我會玩什麼。

「我只玩過 9-ball。」我說。

「好，那就玩那個。」張爾陽笑著，一副躍躍欲試的模樣。

我們開始挑球桿。

一開始，我打得亂七八糟的，打了幾球之後，手感慢慢回來了，球桿也抓得比較穩了。

不過，大概因為張爾陽跟我都是撞球菜鳥的關係，我們打一場球的時間，別人都能打好幾場了。

但，有什麼關係呢？開心才是最重要的。

張爾陽雖然接觸撞球的時間比我晚，不過，因為頻繁練習，加上他悟性好，也理所當然打得比我好。

有時候，他看我瞄球的角度不對，還會過來技術指導我應該要怎麼打才好。

正當我們玩得正開心，說著這局球賽輸的人要請贏的人吃什麼東西時，有個人走過來，說了句，「唉唷，妳怎麼來了？好久不見囉！」

我抬頭一看，是溫禹宸曾經要我離遠一點的那個流氓表哥。

快兩年沒見了，我發現他表哥看人的眼神似乎更加邪氣了！

我沒理他，抓著球桿，瞄準好母球，往六號球的方向打。

張爾陽見溫禹宸的表哥跟我講話，一時好奇，就問：「強哥，你認識她？」

那個叫「強哥」的人點點頭，嘴角帶笑地說：「前兩年我表弟還教她打過撞球呢！」

「你是說溫禹宸？」

一聽到「溫禹宸」三個字，我的心跳突然漏跳了一拍。

強哥點點頭，又對我說：「後來妳怎麼都沒再來啦？我問阿宸，他只說妳功課忙，小學生的功課能夠忙到哪裡去？光聽就知道他在騙我。」

我還是沒回話。

張爾陽見我不說話，馬上又跳出來幫我解圍。

「現在上了國中，功課真的比較重，剛才我是在路上遇到她，才硬拉她來陪我打球的，等等她還要回去溫習功課呢！她家管得比較嚴，不能出來太久。」
「喔？」強哥斜眼看了我一眼，痞痞地笑著，「我還想說既然我表弟沒空教她打球，不如他這個徒弟就讓我接手，由我來教呢！」
「強哥教我好了啦，我的球技還需要磨練，正想找人教，如果強哥有時間教人，那乾脆收我為徒好啦！」
強哥揮揮手，不大情願地說：「你還是讓阿標教你吧！你是他帶教出來的，不要中途隨便換師父，讓他繼續教你就好。」
說完，他轉身就走了。
我看著他離去的背影，偷偷問張爾陽，「他現在在哪間學校？」
張爾陽看了我一眼，「他沒有在上學啊。」
「啊？」我一驚，下巴差點掉下來，「可是他之前不是在我們市裡的第一志願高中嗎？」
「去年被學校退學了。」
「為什麼？」
「聽說是教唆打人，事情鬧很大，被打的那個人好像還是政府官員的兒子，大概是官員向學校施加壓力，學校要他轉學，他不肯，校方只好做出退學處分。」

我吃驚地看著張爾陽，雖然溫禹宸早跟我說過他表哥不是什麼善類，但我總想，在第一志願念書的孩子，再怎麼壞也不可能壞到哪裡去。

怎麼知道，他表哥果然如他所說般，真的是壞到骨子裡去。

「我看你還是離他遠一點的好，免得被帶壞。」我由衷地說。

「不會！」張爾陽信誓旦旦地對我說：「我自己有分寸，知道自己在做什麼。」

我才不信他，瞟了他一眼後，語帶激諷，「有分寸還會跟著人家抽菸？」

「總是要試一下才知道是什麼滋味嘛！更何況我又沒真的吸進肺裡去，就是做做樣子而已。」

我搞不懂抽菸就抽菸，怎麼還分什麼真抽或假抽？

「反正你就是不要再碰那些不好的東西就對了。」

張爾陽認真地看著我，一會兒後，他展眉舒顏地笑了起來，然後重重點頭，算是給我的一個允諾。

後來，他送我到撞球間門口，說：「妳趕快回家吧！免得在外面逗留太久，回去被妳爸媽罵。」

「你也早點回家吧！」我勸他。

「我回去也只是一個人在家，多無聊，還不如在外面跟朋友在一起熱鬧些。」

「你爸媽都不在家？」我訝異。

「妳不知道嗎？我從小就沒有媽媽，我爸在北部工作，一個月才回來一次，平時都是我爺爺奶奶在照顧我。但我爺爺奶奶白天都要下田工作，沒空理我，所以就放牛吃草囉！」

張爾陽笑著說，我卻看見噙在他上揚的嘴角裡的悲傷。

我看著他，知道此刻說什麼話都是多餘的。這麼多年來，他可以一路走到這裡，也挺不容易的吧！

在他又一次的催促聲中，我終於跟他揮手告別。

那天之後，每次只要我去圖書館回家的途中，就會再繞到撞球間，看張爾陽有沒有在裡面。

而每一次，都沒有撲空過。

跟張爾陽一起玩，其實滿有趣的。

大概是因為張爾陽本身就充滿喜感的關係吧！

他老是有說不完的垃圾話，總能逗得我狂笑不止。

而且，他那個人有個極大的優點，就是不藏私、很願意跟人分享，也很講義氣。只要有什麼問題找他幫忙，他能做到的，一定二話不說就答應。

我常跟他說，他這種四海皆兄弟的個性，早晚有一天會害到他自己。

但他只是笑笑，對我說：「人生在世，不過也就短短幾十年，計較那麼多做什麼？朋友，才是生命裡最重要的財富。」

「你去哪裡看來這麼八股的句子？」

依我對他的了解，他根本不可能會有感而發講出這麼文青的字句。

他笑嘻嘻地回答我，「網路上一堆，妳如果要看，我可以列印一疊給妳看。」

「謝謝再聯絡。」

整個暑假，我幾乎都跟張爾陽混在一起，有時我也會看到強哥跟他朋友在一旁抽菸、打撞球，偶爾，強哥跟他朋友打球贏了比賽，還會買紅茶請全場的人喝。

但我一次都沒喝過強哥請的紅茶。

因為看到他，我總會不由自主想起溫禹宸叫我離強哥遠一點的那句話。

強哥常會帶一個打扮得很媚，穿著很火辣的女孩子來撞球間，每次他跟他朋友打撞球時，那女生就會坐在一旁抽菸等他。那女生的手指很細很長，用手指夾菸的姿態看起來很迷人，我常會偷偷觀察她，發現她每次來，穿的衣服跟鞋子從來沒有一次重複過。

「我們叫她小蕎姊，是強哥的二老婆。」

有一次，張爾陽抓包我在偷看強哥的女朋友時，這麼跟我解釋。

「二老婆？」我好奇地問：「強哥結婚了喔？」

「不是啦！我的意思是，小蕎姊是強哥的地下情人。強哥的正牌女朋友不是她，聽說正牌看起來很清純，是強哥以前在學校念書時的同學，現在還是學生，已經在中部上大學了。她來過這裡一兩次，因為覺得這裡環境太複雜、又討厭菸味，就不肯再來了，所以強哥才敢這麼光明正大帶小蕎姊在這裡進進出出。」

又是一個渣男！

我鄙夷地偷偷瞪了強哥好幾眼。

「他這樣，早晚有一天會翻船吧！」

我不屑地說著，暗地裡希望他最好早點翻進海裡去溺死算了，省得留在這裡禍害人間。

「應該不會，強哥對付女人很有一套，小蕎姊也知道強哥正牌女友的存在，但他們在一起少說也有一年了，小蕎姊個性這麼火爆的人，從來沒有一次吵過鬧過，也沒找強哥的女朋友攤牌過，妳就知道強哥有多會安撫女人了吧？」

看張爾陽對強哥一副崇拜到簡直要跪下來膜拜的死樣子，我不由得一股氣就這麼衝上來，情緒無處發洩，只好狠踩張爾陽兩腳來洩忿。

張爾陽抱著他那隻被我狠狠踩過的腳，跳上跳下地嘶嘶喊痛。

「老話一句，你還是少跟那個強哥有太多接觸，一個會瞞著女朋友跟別的女生勾三搭四的男人，你要跟我說他有多優秀、能力有多強，我都不相信。基本上，那個人的人格就已經有缺陷了。」

「我覺得妳對強哥真的很有偏見耶！是怎樣？他欺負過妳？還是他倒過妳會錢？」

「你白痴喔！」真是討罵，害我不小心造口業。

「那不然妳幹嘛對強哥有那麼多意見？」

「我就是看他不順眼啦，怎樣？」

「那是因為妳不夠了解他，如果妳真的了解他，妳就會覺得其實他的人並沒有妳想像的那麼不好了。」

「我是不了解他，但我認識一個對他了解到超級徹底的人，那個人提醒我千萬要離強哥遠一點。」

「誰？」

「我幹嘛要跟你說？」

「說不出來，那就是妳捏造的囉？」

「屁啦，我沒事捏造這種事幹嘛？」

「女孩子不要老是屁啦屁啦掛在嘴邊，很沒氣質耶。」

「要你管？你誰啊？」

「老子是妳，李靜綺的同學兼球友，以及心靈垃圾師。」張爾陽得意地說。

「白痴。」

我們都曾經深深喜歡過一個人，
用燃燒生命的方式，竭盡心力地喜歡著。
在掏心挖肺的時刻，我們甚至會認為，
終極此生，我們再也不會喜歡另一個人，
像喜歡他這樣認真與堅執了。

那個時候，總是天真地以為，
只要一直這麼喜歡下去，就能生世永不分離。
但是，我們卻忘了時間前進的速度，也忘了愛情流動的頻率。
愛情，從來就不曾是靜止的。
而我們曾經深愛著的那個人，
也終會將目光自我們身上移開，
望向另一個我們永遠也到達不了的地方。

分離，是夾帶著不捨與淚水的成長。
那些曾經出現在我們生命裡的戀人們啊，
淬煉著我們脆弱的心靈，
讓它能變得更加溫柔與堅強，
以迎接更幸福未來的重要元素。

於是，
在許久以後，那些曾經不堪的憎恨與怨懟，
將在時光流轉的層層篩檢後，變成一句淡淡的：你好嗎？

我想，即使是再遲鈍的女生，一旦走進愛情中，也會瞬間福爾摩斯上身，變得十分敏感尖銳，一點點蛛絲馬跡都逃不過她們的眼睛吧。

強哥的正牌女朋友終於找上門來，當場逮到坐在角落沙發上卿卿我我、你濃我濃的強哥跟小蕎姊。

那是八月下旬，暑假快要結束的一個星期六下午。

當時，我跟張爾陽依然在我們平常練習的那座靠最裡面角落的球檯打球，我們兩個肉腳正相互取笑對方爛透了的球技時，一個女生從門口衝進來，我當時正好面向門口，無巧不巧就剛好看到最精彩的那一幕。

那女孩穿了一件合身T恤和一條刷白牛仔褲，綁著馬尾，十足學生模樣。

她一衝進來，先是左右觀望了一下，下一秒鐘，她就鎖定目標，筆直地朝強哥跟小蕎姊的方向衝過去。

接著，小蕎姊那頭又黑又漂亮的大波浪捲髮就被那女生用力拽住了。

小蕎姊的尖叫聲使吵雜的撞球間瞬間安靜下來，吸引住所有的人的目光。

接下來，兩個女人就這麼扭打在一起。

小蕎姊不愧是在強哥身邊混的，她下手的力道又快又狠，嘴裡還一句疊著一句髒話罵著。那個學生妹根本不是小蕎姊的對手，兩個人的優劣之勢立見分曉。

一開始，我還不知道那看起來乾乾淨淨的學生妹就是強哥的正牌女朋友。直到學生妹被小蕎姊壓在地上打，強哥從驚嚇中醒過來般衝過去拉開小蕎姊，並在她臉上重重的打了一巴掌後，又把那學生妹拉起來，護在懷抱裡。

當強哥罵著小蕎姊好大的膽子，怎麼敢打他的女人時，我才知道原來是正宮娘娘駕到了。

接下來就是一連串的咒罵聲及哭泣聲。

我用手肘撞了撞看戲看傻了的張爾陽，笑咪咪地對他說：「去幫我買兩包爆米花，一包我請你。」

「買爆米花幹嘛？」張爾陽的眼睛依然盯著強哥他們那方向看，嘴巴倒不忘回應我。

「看戲沒爆米花吃，多無聊！」我幸災樂禍的語氣太過明顯，惹得張爾陽忍不住回頭瞪我一眼。

「沒良心。」他罵我。

「我就說他早晚要翻船的，你看，翻了吧！」說完，我心情很好地嘴邊掛著笑。

「妳有沒有一點同情心？沒看到強哥打小蕎姊那一巴掌多用力，我猜小蕎姊的臉一定會烏青腫起來。」

「誰叫她要當別人的小三？」我還是一副她活該的表情，「都知道強哥有女朋友了還這樣……」

「妳以為小蕎姊願意喔？要不是當初強哥死纏爛打，天天到小蕎姊上班的髮廊門口站崗，小蕎姊會這樣淪陷？妳不知道那時小蕎姊也是有男朋友的人耶！她決定跟著強哥時，她男朋友還跟強哥幹了一架，差點被強哥打死。」

我又抬眼往小蕎姊的方向看過去，只見她精心化上的妝，此刻已經被淚水弄得完全糊掉了，整張本來妝容精巧的臉上，如今卻像塊調色盤似地令人觸目驚心。

「她當初跟著她男朋友不是很好嗎？幹嘛強哥追她，她就跟著強哥跑了？意志這麼不堅定，現在被打也只是剛好而已吧。」

「她之前那個男朋友是個軟爛人啦！每天混吃等死，都是靠小蕎姊幫人洗頭賺錢養他。後來小蕎姊遇到強哥，才知道原來女生也可以像公主一樣被捧在手心，才決定跟她那個前男友分手的……」

張爾陽嘆了一口氣，繼續說：「其實小蕎姊的身世也是很可憐的，她從小就沒有爸爸媽媽，是在育幼院長大的。高中畢業後就去髮廊工作賺錢，再把賺來的錢拿回去育幼院養那些年紀比她更小的弟弟妹妹。但後來和她那個沒有用的前男友交往，錢幾乎都被那男人花光，一直到遇到強哥，她才又能把賺來的錢拿回去交給育幼院的園長，幫助其他孤苦伶仃的小朋友……」

張爾陽話還沒說完，我就一個箭步衝出去了。

等到我發現自己在做什麼時，我整個人已經站在強哥跟小蕎姊的中間。

那時強哥跟小蕎姊吵得正激烈，強哥一隻手護著他的女朋友，一隻手高舉起來，像是要打小蕎姊。

我不知道哪裡來的勇氣，就這麼反身抱住小蕎姊。強哥那賣力的一擊，正好就這麼不偏不倚地打在我的頭上。

瞬間，我只覺得一陣頭昏眼花，似乎有一堆星星在我頭頂上繞圈圈，像卡通裡撞到頭的人頭上有一圈金黃色的星星在跳舞那樣。

小蕎姊驚呆了，她沒有料想到我居然會衝過來，捨身護著她。

不要說她，連我自己都沒想到我竟然會如此仗義，要不是張爾陽說了關於小蕎姊的可憐身世，觸動了我的同情心，我打死也不可能像現在這樣不怕死地保護小蕎姊。

小蕎姊扶著我，一邊問我有沒有怎樣，一邊又朝強哥罵回去，罵他連個孩子也不放過，出手這麼用力，萬一把我打成腦震盪要怎麼辦……

「小蕎姊……我、我沒事……」

我拉了拉小蕎姊的手，要她別再跟強哥爭執了，挑起強哥的情緒，對她真的不是什麼好事。

張爾陽也被我突如其來的脫序行為嚇到，連忙跑過來跟強哥賠不是，要強哥別生我的氣。

我轉頭看著張爾陽一副緊張到天好像要蹋下來的表情，不知道為什麼明明是我被打，他卻要這樣不停地向強哥道歉。

「哥，你們在幹嘛？」

突然有個聲音，在我背後響起。

我的呼吸一窒，以為自己的耳朵聽錯。

回頭，卻看到溫禹宸兩隻手插在自己的褲子口袋裡，臉上掛著若有似無的微笑表情，好整以暇地在距離我幾步外的地方。

發覺我朝他望過去的眼神時，溫禹宸的目光短暫地停留在我的臉上幾秒鐘。

我覺得自己的臉好像要燒起來了。

「這女生，是你朋友，對吧？」強哥指著我，問溫禹宸。

溫禹宸沒有回答，依然是那雲淡風輕的表情。

「老子在處理事情，這女人沒事他媽的衝過來攪和什麼？」

強哥一副恨不得要吃了我的凶狠樣。我見他那不講理的樣子，一肚子氣無處發洩，也不怕死地朝他大喊。

「你哪是在處理什麼事情？你明明就是在打小蕎姊。人家是女孩子，又是你辛辛苦苦追來的，憑什麼你說打就打、說罵就罵？你玩弄人家女生的感情是你的事，但你處理不好自己的感情爛帳，憑什麼拿女孩子出氣？你……」

我話還沒說完，強哥就面目猙獰地漲紅著一張臉，一巴掌朝我打過來……

我知道自己躲不過那一巴掌，就下意識地閉起眼。等了幾秒鐘，那一巴掌卻遲遲沒有落在我臉上。

悄悄睜開眼，我才發現，溫禹宸不知道什麼時候已經擋在我面前，一隻手停在半空中，抓住強哥本來要教訓我的那隻手。

「哥，算了啦！小女生不懂事，你不要跟她計較。」

溫禹宸說話的語調十足的大人口吻，他從容不迫，四兩撥千金般地說著。

「你也知道我們的規矩，是吧？」強哥繼續說。

我看見站在我一旁的張爾陽臉色變了。

「我知道，但她再怎麼說也不是我們這個道上的人，很多事她不知道。」溫禹宸依然護著我。

「那今天我就來教訓她一次，讓她長長記性。」

強哥說完，就伸手把擋在我面前的溫禹宸推開。

溫禹宸就算再怎麼想保護我，他瘦高頎長的身材，也不可能是魁梧健壯的強哥的對手。

但被強哥推開的溫禹宸馬上又衝回我面前，雙手使勁地抱住強哥再次要揮打到我身上的右手。

「哥，差不多就好了吧！」他聲調依然淡淡的，沒有任何起伏地說著。

強哥徹底被搞毛了，他咬著牙，紅著眼，怒氣沖沖地瞪著溫禹宸，聲音從齒縫間迸出，「溫禹宸，你讓開！」

溫禹宸動也不動地站在我面前，我看不見他臉上的表情，卻能聽見他堅定的聲音，緩慢地、決然地說：「哥，你有你想保護的人，我也有。」

說完，溫禹宸轉身握住我的手，當著暴跳如雷的強哥面前，在眾人驚訝錯愕的注視下，拉著我往撞球間的門口走。

身後還不斷傳來強哥的怒吼聲，要溫禹宸停下來，否則就跟他沒完。

溫禹宸還是一派地淡定，頭也不回，用全場的人都聽得見的聲音說著，「有事，你去找我爸談。」

然後，強哥就安靜了。

我完全沒辦法思考溫禹宸的爸爸到底是怎麼樣的角色，可以讓強哥一聽見就馬上乖乖閉嘴。我現在所有的目光焦距，就只放在溫禹宸握住我的手上。

大概因為我們都還是孩子吧！我能感覺到溫禹宸的掌心薄薄的，但是很溫暖，牽著我時，他的手心還微微沁著汗。

我的心臟已經快要從喉嚨跳出來了，整張臉正火辣辣地燒燙著。

我想，我的臉一定已經紅成一顆番茄了吧！

幸好，溫禹宸沒回頭，就只是牽著我的手，快速地往前走。

我不知道他到底要帶我到哪裡去，不過，我也不想問，如果就這麼任由他牽著四處走，我想，我是願意的。

只要身邊的人是他，去哪裡，我都心甘情願。

我們並沒有走得太遠，溫禹宸帶我到圖書館附近的一個小公園裡，我們坐在石子走道旁的情人椅上，溫禹宸才終於放開我的手。

他看著我，眼神十分嚴肅，一點都不像是個十四五歲的小男生。

突然之間，我才察覺溫禹宸居然有超齡的冷靜沉著……這難道與他爸爸是黑道有關係？因為在那樣的環境長大，所以從小耳濡目染，即使內心再怎麼波濤洶湧，表面也依然被訓練到必須平靜無波？

「跟妳說過的，離我表哥遠一點，妳為什麼不聽？」

溫禹宸一開口就是責怪的語氣。本來我還因為被他牽了手，整顆心飄飄晃晃地冒著粉紅泡泡，但一聽到他怪罪的話語，那些粉紅泡泡瞬間全集體大爆破，而我，整個人也都不開心了。

「是他先動手打小蕎姊的。」

我睜圓了眼，不服氣地仰頭看著已經高我半顆頭的溫禹宸，為自己強出頭的緣由據理力爭。

如果強哥不先動手，我會去蹚那渾水？嘖！我又不是吃飽沒事幹。

更何況，我向來就不是個「我為人人」的傢伙，我沒那麼大愛，好嗎？

「就算他先動手打小蕎姊，那也不干妳的事，妳跳出去做什麼？」

「我就是看不下去啊！小蕎姊是女生耶，而是也是強哥先追人家的，幹嘛自己偷吃不擦嘴，被女朋友抓包，還要遷怒到小蕎姊身上？」我越說越生氣，「我就是看不起那種人啊，渣男一個！」

「妳知不知道妳這麼做，是犯了我們道上的大忌？」

我不明白地看著溫禹宸。

良久，溫禹宸才嘆了口氣，語重心長地對我說：「以後不要再這麼沒頭沒腦的了，妳不要老是這麼衝動，別老是要讓人為妳擔心，好嗎？」

溫禹宸一說完，我整個人都傻了。

他說的意思是……他擔心我……嗎？

我看著溫禹宸，腦袋裡跑過好多小劇場，心裡偷偷緊張起來。

想到他剛才在撞球間裡才說了句「我也有我想要保護的人」。我都還沒來得及消化掉那句話帶給我的感受，現在又補了這句「別老是要讓人為妳擔心」，我覺得我的小心臟已經快要不能負荷，大概要宣告不治了。

萬一，他現在突然就向我告白，我要怎麼辦啊？

直接答應他？還是要先矜持一下，假仙地說「讓我回去想一想」，過兩天再回覆他說我願意？

結果，溫禹宸根本就沒有要跟我告白的意思，他只是鄭重地解釋，像我剛才那樣的行為，按規矩，強哥是可以叫兄弟給我一陣毒打的。

「為什麼？」聽完他的解釋，我又不滿地叫了起來，「我只是過去護著小蕎姊，還因此被他的拳頭K到頭，我都沒還手了，憑什麼他還可以叫人毒打我一頓？」

溫禹宸淡淡地回答我，「這就是我們這個道上的規矩。」

「什麼狗屁規矩？這根本沒有任何道理可言啊！」

「在我們的世界，沒有什麼事情是有道理的。」

真是太不可理喻了！

「那你有沒有可能有一天繼承你爸的王國？」

溫禹宸聽我說完，馬上露出疑惑的表情。

「我爸的什麼王國？」他問。

「黑道王國啊！」我回答得理所當然，「你爸是黑道老大，你應該就是下一任接班人吧！等你繼承了你爸的黑道王國後，就要好好的修法，把那些不合理的規矩全都修改掉，懂嗎？」

溫禹宸啼笑皆非地看著我，「妳真以為憑我一個人說要改掉那些歷代傳承下來的規矩就改得掉？怎麼可能？妳太天真了！」

「為什麼改不掉？」

我覺得溫禹宸才天真！不對的事就要改，不合理的規定就要修正，這麼簡單的事情，為什麼一定要搞得這麼複雜？

「事情真的沒妳想的那麼簡單。」他說。

「也沒你想的那麼複雜吧！」我反駁他。

溫禹宸但笑不語。

我看著他臉上那舒眉展顏的神情，不知不覺地，浮躁的情緒慢慢平和下來。

而那個蟬鳴喧天的午後，溫禹宸臉上的笑容，融進一片綠色的詳和氣氛中，卻變成我記憶裡一幅永不抹滅的風景畫，在很久很久以後，那樣的畫面、那樣的笑意、那樣的俊逸臉龐，還是常常出現在我的夢境裡。

一切恍如昨日，不曾遠離。

那一年，我十四歲，溫禹宸十五歲。

那一天，溫禹宸並沒有向我告白，而我，卻從他的眼睛裡，讀到了喜歡的訊息。

他，喜歡，我。

接下來幾天，我都很安分地沒再到撞球間去。

一方面是想聽溫禹宸的話，不要再隨意進出他口中說的不良場所。另一方面，則是在躲強哥。

我知道依強哥那種流氓個性，就算看在溫禹宸他爸的面子上，他不敢明著對我動手，但誰知道暗地裡他會不會給我苦頭吃？

為了避免爭端，我還是聽話地乖乖待在家裡。

即使不去撞球間，日子也過得飛快，轉眼間，暑假結束，我正式升上二年級。

開學第一天，我才剛走進教室，書包都還沒來得及放好，就被比我早到學校的張爾陽拉出教室。

「張爾陽，你幹嘛啦？」

我被張爾陽拖著走，甩不開他的手，只能大吼著問他到底想做什麼。

張爾陽不說話，就只是一個勁兒地拉著我走。

一直到學校禮堂旁向來人煙稀少的花圃邊，張爾陽才放開我。

他。

「你發什麼神經？」我邊摸著被張爾陽抓紅的左手手腕，邊用怨念深重的眼神瞪他。

張爾陽倒不介意我豎眉橫目、極度不滿的醜陋表情，只是笑嘻嘻地看著我。

我被他那詭異的笑容搞得心底發毛，於是用半威脅、半玩笑的口吻對他說：「我警告你喔，你如果把我拉到這裡來是要跟我告白，我現在就可以給你答案：去、吃、屎、吧、你！」

「我要是會向妳告白，不用妳提醒，我自己就先去吃屎了。」

張爾陽話一說完，我又惡狠狠瞪了他幾眼。

這人把我拉到這裡來是打算惹怒我，再順便討我幾句罵嗎？

「無聊！」最後，我丟下這句話，轉身就想離開。

就在我轉身踏出第二個步伐時，張爾陽的聲音就從我背後傳過來。

「妳跟溫禹宸在交往嗎？」

一句話，震得我立即停下腳步。回頭，我看見張爾陽那一臉笑得無邪的臉龐。

「沒有。」我說。

「那他那天把妳拉出去幹什麼？」

我知道他指的是強哥跟小蕎姊差點打起來，而我沒事去湊熱鬧的那一天。

「沒有，他只是想把我從強哥手中救出來。」

「我知道啊！但是，他為什麼要對妳這麼好？」

「大概是因為他……他不想看到強哥鬧事吧！」

我被張爾陽問得一時語塞，腦中閃過溫禹宸那日在小公園裡淡淡看著我微笑的神情，心跳又亂了節拍，頓了頓，才隨便找個理由想搪塞過去。

「那天妳離開後，強哥的女朋友也打了他一巴掌，吵著要跟他分手，強哥安撫了幾天，沒成功，前天我聽說，他們真的分手了。」

「那小蕎姊呢？」

「也分了。」張爾陽說：「不過聽說小蕎姊真的很傷心，她以為找到了真愛，想不到，竟然是愛情騙子一個。」

「小蕎姊要跟強哥在一起時，不是就已經知道強哥有女朋友了嗎？」

「可是強哥那時老是跟小蕎姊保證，說他真正愛的人是小蕎姊，跟女朋友只是因為在一起久了，感情比較深，但那感情不是愛情，比較像是親情。他還說他會為了小蕎姊，慢慢疏遠女朋友。」

張爾陽嘆了一口氣，又說：「也是小蕎姊自己笨啦！男人在哄女生說的話裡，十句有九句半都是騙人的，她居然還當真。」

我也跟著張爾陽嘆起氣來，心疼小蕎姊為了愛一個人所受的委屈。

但是，女人都是這樣子的，一旦走進愛情，智商總會瞬減為零。情願為了愛，變成一個愛情裡的笨蛋，就算再精明能幹，一遇到愛情，也會傻傻地言聽計從，徹頭徹尾選擇相信自己愛著的那個人。

「所以小蕎姊沒再到撞球間找強哥了吧？」我又問。

張爾陽搖了搖頭，「不過前幾天我在街上遇到小蕎姊，她已經把她的頭髮剪短了。我剛看到，還認不出來站在我面前對著我笑的人是小蕎姊，是她開口跟我說話，我聽聲音才認出她的。」

我很錯愕，以前小蕎姊最引以為傲的就是她那頭又長又捲的漂亮大波浪捲髮，現在居然為了強哥，二話不說就把她的長髮剪短了！

「她還好嗎？」

「瘦了一點，臉色也不是很好，看起來像突然老了好幾歲。」

我「喔」了一聲，不知道該接什麼話，總覺得心裡酸酸的。好好的一個女孩子，怎麼就不能好好地幸福著呢？

想來，小蕎姊應該是真的愛著強哥的。

只可惜所託非人，強哥配不上她。

不過也幸好，小蕎姊還年輕，現在看清強哥這樣的人，還不算晚。

後來，張爾陽跟我並肩走回教室。途中，他還不死心地追問溫禹宸跟我的關係。

「就是很單純的朋友啊。」

「妳騙我不認識他嗎？溫禹宸是那種外冷內也冷的人，什麼人都跟他熟不起來。這麼冷血的一個人，怎麼偏偏就對妳這麼好？」

被張爾陽問急了，我的表情又垮下來，臭著一張臉說：「我哪裡知道啦？」

「喔……」張爾陽拉長了語調，擠眉弄眼的看著我說：「他是不是喜歡妳？」

張爾陽不說還好，他一說，我的心臟又開始亂跳了。

這個時候，我覺得我還是保持沉默比較好。

「是不是、是不是、是不是、是不是、是不是、是不是……」

張爾陽像隻猴子一樣在我身旁前跳後跳、東跳西跳的，一邊跳還一邊問著「是不是」。

實在是幼稚到不行！

來人啊！誰來幫我挖個地洞，好讓我把張爾陽這煩人的傢伙推進去，直接活埋他？

後來，在教室門口，我看到正揹著書包，衝衝忙忙跑過來的沈馥萱。

張爾陽還在我身邊幼稚地跳來跳去，邊問著「是不是」。沈馥萱瞧見我們兩個人時，腳步明顯停頓下來。

我朝她揮揮手，沈馥萱看向我們，表情有些古怪。後來，她似乎很勉強地揚了揚唇角，朝我們走過來。

沈馥萱靠近時，張爾陽還在跳，我於是使出我的降龍十八掌，朝張爾陽的背毫不客氣地招呼了過去。

「喂！正經點。」我瞪著他。

張爾陽這才發現我們身旁還多了個沈馥萱，只好收斂起他的幼稚行為，裝模作樣地站直身子，假裝有禮貌地跟沈馥萱道早安。

道完早安，他就一溜湮逃回教室裡了。

「今天怎麼這麼晚才到？」張爾陽滾蛋之後，我開口問沈馥萱。

「睡過頭了。」

沈馥萱的眼睛沒有看我，她的目光早就隨著張爾陽的身影飄走了。

我這才想起沈馥萱喜歡張爾陽這件事。

也才終於明白為什麼她剛才看見我和他在一起時，臉上那一閃而過的複雜表情了。

我二話不說拉起沈馥萱的手，就像以前她親暱地拉著我，央求我陪她去福利社或上廁所時那樣。

「欸，妳不要想歪喔！我跟張爾陽沒有怎麼樣啦。他就是在問我一些事，我不肯說，他才會像猴子一樣在旁邊跳來跳去的……」

沈馥萱看了我一眼，淡淡笑了笑，說：「嗯，我知道。」

可是她的表情分明就寫著她並不明白，她的言不由衷。

「真的真的。」我的左手還是拉著她的手，右手手掌緊合的舉在自己的臉頰旁，嚴肅又認真地說：「我發誓！騙妳的話，我就咀咒自己變成一隻大胖豬。」

沈馥萱橫了我一眼，瞧見我臉上認真到不行的表情時，終於忍不住笑了。

她拉下我的右手，嬌嗔地揚著唇角，「好啦，我相信妳啦。」

「哇，妳人真好，我最喜歡妳了。」

我抱著她的手，把臉蹭在她的手臂上撒嬌。

「滾！」沈馥萱推推我的頭，笑著，「別搞得一副好像我們有姦情一樣……快滾！」

初秋的朝陽輕輕灑在我們身上，像是灑了一層薄薄的金粉，金粉下的兩個女孩子笑得天真爛漫。那時候的我們，就連煩惱都很單純，而喜歡一個人的理由，也很單純，滿心只希望自己喜歡的那個人也能喜歡著自己，這樣就夠了。

升上國二，我們的課業明顯增加了許多。

其中，最讓我束手無策的就是理化課。

我向來不愛背書，理化的元素週期表，我一看就頭痛，大概是心裡已經先對理化產生排斥心態，所以元素表我怎麼背就是背不好。

張爾陽就沒有這方面的困擾了，我看他每次上理化課都上得十分開心，跟我的愁眉苦臉成了強烈對比。

有一次，他居然還跟我說：「理化真好玩！」

我聽了，差一點崩潰。

幸好，沈馥萱也跟我一樣討厭理化，我們有了共同敵人，感情更加緊密了。

沈馥萱越來越喜歡張爾陽，已經喜歡到如果張爾陽跑來找我講一句話，她就會吃醋不開心的那種程度。

為此，我煩惱不已。

後來，我只好找了個機會告訴張爾陽，請他不要動不動就來找我聊天。

「為什麼？」

張爾陽單細胞生物般的單純腦袋完全不能理解我們女生世界微妙的糾結情緒。

關於沈馥萱喜歡他這件事，我不知道到底該不該告訴張爾陽。

在心裡掙扎了幾秒鐘，我還是決定幫沈馥萱守住祕密。

「反正就是……男女授受不親啦！」

張爾陽睜大了眼，還是一副不能理解的模樣。

「我們也只是聊聊天、開開玩笑，干男女授受不親什麼事了？妳都能讓溫禹宸拉妳的手了，我跟他比起來，可是尺度小了很多呢！跟妳講話我都還有保持安全距離耶，是不是？」

沒事幹嘛又扯到溫禹宸啦？我真的是要被張爾陽打敗了！

我翻了翻白眼，實在不想再跟眼前這個人多聊，再聊下去，我怕我會瞪他瞪到眼睛變成斜視。

「總之，以後你少找我講話就對了啦！」最後我這麼說。

從那天之後，我就刻意對張爾陽冷淡。有時他會忘記我叮嚀的那些話，跑來找我講一些無關緊要的事。而我就會擺出晚娘面孔給他碰軟釘子。幾次之後，他也就不太找我聊天了。

張爾陽跟我離得越遠，沈馥萱就越放心。她一放心，就會開心，一開心，跟我的感情就越好。

上了國二，沈馥萱的成績大幅進步，第一次月考成績公布出來，沈馥萱除了理化七十幾分外，其餘科目成績都在九十分以上。

那一次，她一下就躍進我們班的前五名，嚇壞一堆科任老師們。

看著她的進步，我深覺愛情的力量真偉大。

雖然我的成績在班上算來也不是太差，但我就是沒有沈馥萱那股傻瓜般的衝勁。

或許，是因為溫禹宸不在我們學校的關係吧！

沒有喜歡的人在身旁，就少了向前衝的動力。

日子就這麼平淡，日復一日地過著，沈馥萱跟我天天都黏在一起，除了偶爾討論功課，我們也會聊一些電視明星的動態，或是一些在校園裡流傳的小八卦。

最常從沈馥萱口中出現的人名，還是非張爾陽莫屬。

有一次，沈馥萱跟我討論到，覺得自己會用多長的時間去喜歡一個人。她問我時，我騙她說我還沒有喜歡的人，所以沒辦法回答她。

然後，她說她應該會喜歡張爾陽很久很久，因為不管什麼時候，她總是想著他，滿腦子全都是他，已經容不下其他人。有時候，她還會因為太想念他而哭起來……

聽到沈馥萱說她會因為想念張爾陽而哭，我震驚到好像被幾百道雷劈到一樣。

然後，我完全不能明白地問她：「不是天天都可以見到面，為什麼會想念？」

「妳傻了嗎？」沈馥萱坐在窗檯上踢著腳，低頭看著站在窗檯旁的我，「分開的每一秒都像一個世紀那麼長，長到只要一分開，就會開始想念。」

那陣子，沈馥萱把複習功課的空檔都拿來看小說，搞得有時候，她的話講著講著，就不小心開啟小說模式，變得很文青。

「妳有沒有想過要找個機會跟張爾陽告白？」

沈馥萱沉默了一會兒，才幽幽地回答，「我會害怕。」

「怕什麼？」

「怕被他拒絕，怕他從此之後躲著我，怕我跟他到最後連朋友都當不成……」

「沒試過怎麼知道？」我打氣般地對她說：「說不定他也喜歡妳啊，只是因為害羞，所以沒跟妳表白而已。」

沈馥萱的眼睛閃過光芒，看著我，笑了。

「再給我一些時間，也許過一陣子，等我的勇氣多了一點，說不定我就會向張爾陽告白了。」

我點點頭，說：「好，加油！」

然而，我的加油聲猶言再耳，沈馥萱都還來不及行動，她的競爭對手就出現了。

那是一個國一的小學妹，長得十分俏麗可愛，圓圓的臉、大大的眼睛、白裡透紅的皮膚，那長相是很多男生的夢中情人。重點是，她的學業成績還是他們那個年級裡數一數二的。

根本就是標準的人生勝利組。

學妹剛進學校時，曾經在男生群裡造成一股不小的轟動，很多人都知道一年五班有個學妹長得很漂亮，名叫徐芸苓。

徐芸苓是在耶誕節那天中午跑來我們班跟張爾陽告白的。

那時我正好和沈馥萱去了一趟福利社，回來時，徐芸苓已經告白完了，正在等張爾陽的答覆。

她跟張爾陽就這麼滿臉通紅地站在我們教室的後門外互看著對方，身旁圍了一堆八卦魂上身的同學們。

沈馥萱跟我看著這奇異的景象，不明就裡。

還是站在我們旁邊的同學偷偷告訴我們，是徐芸苓獨自跑來向張爾陽告白，現在正等待張爾陽的答覆，我們才知道，這麼爆炸性的事情居然發生在我們班上。而且，男主角還是張爾陽。

那一天，張爾陽沒有直接給學妹答案，只說了他會考慮考慮。

一個星期之後，張爾陽就變成徐芸苓的專屬護花使者了。

沈馥萱出師未捷身先死，直接宣告失戀了。

接連好多天她的情緒都很低落，每天都腫著眼睛來學校上課。我卻對於她這樣的情況束手無策，只能安靜的陪在沈馥萱身邊，在她忍不住難過掉眼淚時，遞面紙給她。

沈馥萱的傷心一直持續到接近第三次月考時都還沒結束，那一次，她考出來的成績非常糟，已經掉到班上倒數十名內，還被我們班的導師叫去導師室裡臭罵了一頓。

而始作俑者張爾陽卻全然不知道，當他甜甜蜜蜜談著戀愛的同時，有個女孩正在為他肝腸寸斷。

原來，愛情就像把利刃，它可以讓你生，也能讓你死。

每次我只要看到張爾陽跟同學玩鬧時，笑得沒心沒肺的模樣，胸口就會冒出一把無名火。

有幾次，我真的很想衝上去海扁他一頓，問問他的神經到底是有多遲鈍，為什麼可以蠢到班上有個女生那麼喜歡他，眼神總是追隨著他的身影轉，他卻依然渾然不覺！

有沒有這麼呆、這麼蠢、這麼無感？

但是，每一次，都是沈馥萱阻止了我的衝動。

她說：「失戀已經夠難過了，妳不用再把我暗戀失敗的事抖出來，那只會讓我更丟臉而已。」

沈馥萱說，總有一天，她還是會從傷痛裡走出來。沒有人會因為一次的失戀就一蹶不振，也沒有人會因為初戀失敗就活不下去。

「還是會好起來的，只是時間早晚的問題而已。」沈馥萱這麼對我說。

進入了寒假，沒多久就準備要迎接農曆新年。

陪媽媽去街上採買年貨時，巧遇了好久不見的周芷懿也陪著她媽媽出來買年貨。

周芷懿變得更美麗了，原來還有些嬰兒肥的臉龐，現在已經完全瘦成了鵝蛋臉，身高抽高了一些，身材比例也比以前更好了，凹凸有致的身型，看得身材像洗衣板的我忍不住自卑又羨慕起她來。

國小時，因為周芷懿去過我家幾次，每次她來，都是她媽媽親自接送她，所以我媽跟周芷懿她媽媽也有某種程度上的認識。

難得碰面，我們彼此都有一肚子的話想跟對方分享，於是就各別拜託自己的媽媽答應讓我們兩個人自由活動。

兩位媽媽都毫不遲疑地答應了，於是周芷懿跟我興高采烈地牽著手，蹦蹦跳跳離開了。

沿路上，我跟周芷懿都手勾著手邊走邊聊。

周芷懿問我是不是還習慣現在的生活，見我點頭後，又問我有沒有喜歡的人。

「沒有。」我閃過她的注視，言不由衷地回答她。

然後，腦中浮現溫禹宸微微揚眉、唇角帶笑的臉龐。

心臟突然像被什麼東西捏緊了幾秒鐘，有一點酸楚，不知道溫禹宸現在過得怎麼樣。

自從上次分別至今，又過了半年了，這半年來，我每天乖乖地只往返學校跟家裡兩點一線，沒有再去過撞球間，也沒有從張爾陽口中聽到任何關於溫禹宸的消息。我總安慰著自己，沒消息就是好消息，雖然我還是很想知道他的近況。

「偷偷告訴妳，其實我啊……」周芷懿突然壓低聲音，在我耳邊小聲說：「我已經有喜歡的人了，而且，我跟他已經偷偷交往快兩個星期了。」

我像是受到極大震驚般的停下腳步，看著周芷懿。

周芷懿的臉上掛著笑容，一臉沉醉在戀愛裡的幸福表情，看起來真的跟平常的她非常不同。

嗯，怎麼說呢？應該就是「容光煥發」吧。

她本來就十分漂亮，但如今，一談了戀愛，那雙水靈的大眼睛，就像鑲了鑽石一樣，變得更加清亮耀眼，閃著熠熠光芒。

「快說快說，他是什麼樣的人？」

像被周芷懿感染了好心情一般，下一秒，我已經開心地拉住她的手，笑嘻嘻地追問周芷懿地男朋友是怎麼樣的人了。

周芷懿雙手捧著臉，嬌羞地笑著說：「就是、就是一個很疼我的人嘛……唉呀，我不知道怎麼說，妳不要問了啦，找一天，我介紹你們認識。」

我點頭說了聲「好」後，又耐不住好奇，繼續問她，他們的認識過程。

「是你們學校的嗎？」我問。

「不是。」周芷懿說：「他比我們大幾歲。」

「高中生？」

「大學生的年紀。」周芷懿笑著，「不過他因為一些原因，現在正在準備重考。」

「重考啊？那很辛苦耶。」

「是啊。」周芷懿點頭，「所以我們見面的時間也沒有很多，不過他每天都會偷偷騎機車接我上下學。」

聞言，我睜大了眼，不可思議地問她，「妳不是都讓妳爸媽接送嗎？」

「國二開始，我就爭取自己坐校車上下學了。」

「喔！」我點頭，難怪她男朋友有機會可以接送她。

看著周芷懿那一臉幸福的表情，老實說，我還滿羨慕她的，能遇到一個真心與自己互相喜歡的人，是一種多麼難得的緣分。

「我真的很喜歡他。」周芷懿臉上紅撲撲的，很迷人、很可愛。她拉著我的手，有些激動地對我說：「真希望馬上介紹你們認識。妳是我最好的朋友，他一定也會喜歡妳的。」

「好啊好啊，妳趕快找機會介紹我認識一下吧！我也好想看看到底是何方神聖，可以把我這個好朋友迷得神魂顛倒呢！」我也笑嘻嘻地取笑她完，又真心誠意地說：「我真的很為妳開心呢！妳一定要很幸福才可以喔！」

「嗯。」周芷懿用力點頭。

那時候的我們很天真，總以為只要跟喜歡的人在一起，就一定能天長地久，相信愛情能戰勝這世界上任何的一切阻礙，相信白頭偕老是一件再簡單不過的事。

一直到後來，我們才知道，喜歡一個人太容易，但一輩子相知相守，卻是一件比登天還難的事。

國二下學期開學後，張爾陽跟他那個漂亮的小國一女朋友依然感情甜蜜蜜，在校園裡，常常能見到他們毫不避諱走在一起的身影。

不過這件事很快就傳到學校老師們的耳裡去。一開始，我們導師還會找張爾陽過去講講話，勸導他一下。

在課堂上，導師也會對我們機會教育一下，說我們這年紀還正處於發育期，有許多思想都還在摸索階段，還沒完全成熟，所以談戀愛這種事，還是等年紀再大一些時再來發展。

但就算老師再怎麼苦口婆心，張爾陽卻從沒把那些話聽進耳裡，依然每天跟徐芸苓到處放閃。

結果，下學期第一次月考成績出來，張爾陽跟徐芸苓的成績都往下掉了。

張爾陽成績進步或退步，其實對他而言並沒有多大的影響，就如他說的，反正他本來就沒有媽媽管，爸爸又遠在他鄉，爺爺奶奶自小就對他放縱寵愛，只要他不闖禍鬧事，就能天下太平。

但徐芸苓可不一樣，她自小成績就好，她爸根本就是把她當才女一樣培養著，琴棋書畫樣樣都逼著她去學，幸好她也爭氣，每一樣都沒讓她的父母丟臉。

可現在，竟然為了一場偷偷談的戀愛，把成績搞成這樣，年級名次都往下掉了幾十名。要是這成績被她的爸媽知道，事情肯定要鬧大的。

果然，沒幾天，徐芸苓的家長就衝到學校來理論了。

徐芸苓的爸媽來學校找老師的那一天，張爾陽被叫去學務處，整整有三節課的時間，他都缺席沒在座位上。

沈馥萱急得半死，一直問我，張爾陽會不會被學校退學。

我其實也很擔心張爾陽的狀況，但又不能在沈馥萱面前表現出慌張的模樣，怕會引得她更加不安，只好安慰她，「他應該只是被叫去唸一唸，不會被退學啦！」

一直到中午吃飯時間，張爾陽才回到教室。

他一回來就趴在他的課桌上睡覺，午餐連一口都沒有動。

沈馥萱跟我見他整個人好端端地回來，頓時安心不少。但看他一聲不響趴在桌上睡，連午餐都不吃，又有些擔心。

整個午餐時間，沈馥萱跟我就這樣一邊吃飯，一邊偷看張爾陽的動靜，於是那頓午餐，張爾陽成了我們兩個人食不知味的配菜。

接下來的時間，平常是班上開心果的張爾陽，意外地安靜沉默，班上少了他的聲音，顯得沉悶了許多。

但同學們礙於他上午才剛因為談戀愛的事被叫到學務處，也都不敢當面問他。

下午放學時，我在回家途中遇見獨自一個人走路回家的張爾陽。

平常這個時候，他都會陪徐芸苓回家。但今天，徐芸苓不在他的身旁，沒了那些嘻嘻哈哈的聊天聲，他的身影顯得分外孤單。

我快步走到他身旁去，拍了一下他的肩。張爾陽轉頭往一旁看，見到是我，嘴角勉強揚起一個不太好看的弧線。

著。

「嘿！你沒事吧？」

走在張爾陽身邊，我眼睛看著前方的大馬路，音量輕輕的，像怕嚇到他一樣地說著。

張爾陽沒有回答我，依然垂頭喪氣慢慢走著。

見他不說話，我也只好沉默下來，安靜地陪他又走過兩個街口，他才終於出聲，「徐芸芩要轉學了。」

他的話一說出口，我馬上轉頭看他，心情大受震撼。

張爾陽苦笑了一下，瞥了我一眼，說：「而且她爸爸好凶，今天在學務處狠狠罵了我一頓，又當著那些老師們的面揮掌要打徐芸芩……」

「啊……」我張著嘴，一副被震驚得說不出話來的樣子。

「還好我動作快，閃到徐芸芩面前去護住她，那一掌才沒打在徐芸芩臉上。不過打在我肩膀上，還是好痛……」

我安靜著，不知道該回什麼話。

這時候，好像回應什麼話都不恰當，現在的張爾陽最需要的，應該不是安慰的話語，而是一個可以聽他說話，讓他發洩情緒的對象吧！

「後來，她爸就說為了杜絕後患，過兩天就會幫徐芸苓辦轉學。」

張爾陽說完，對我露出一個恓惶的笑容，又提醒我，「妳不要安慰我，現在什麼安慰的話，對我來說都是多餘而且沒有用。也不要同情我，我還沒有卑微到需要人家的同情。」

我點點頭，笑了一下，「不然，我們去吃冰，好嗎？我請你。」

張爾陽睜大了眼，一副不可置信的模樣。

「現在吃冰？」

我點點頭。

張爾陽拉了拉我穿在身上的羽絨外套，又問：「妳穿這麼厚的外套去吃冰？」

我又是點頭。

「妳瘋了嗎？李靜綺！天氣這麼冷妳要吃冰？」

「就是天氣這麼冷才要吃冰！」我笑嘻嘻的，「走吧！」

說完，我就蹦蹦跳跳踩著輕快的腳步往前衝。

「妳真的是瘋了啊！李靜綺。」張爾陽跟上來，一邊還說著，「沒見過像妳這麼瘋的女生啊，妳真的是李靜綺嗎？還是被哪隻鬼附身了？」

我回頭瞪了他一眼，嘴邊卻藏不住笑。

「請你吃冰還要被你這樣子唸，你到底要不要吃啦？不吃就直接滾回家吧！」

「吃！」張爾陽大聲地回答我，也笑了，「有人請客為什麼不要？我才沒那麼笨。」

於是我們就這麼並肩走到一間冰店，叫了兩碗糖剉冰，我還特地請老闆幫張爾陽的那碗冰多加一匙的黑糖。

「啊，不要……」

張爾陽要阻止時，已經來不及了，看見老闆把那多加一匙的黑糖加到他冰裡面去，張爾陽轉過頭來，哀怨地看向我。

「心情不好就要多吃點甜的，心情才會變好。」我對他曉以大義。

「誰說的？吃太多甜的會蛀牙，妳以前小時候老師沒跟妳說過嗎？」

「老師是說吃完東西要刷牙，就比較不會蛀牙，但沒說不可以吃甜的。」我振振有詞，「而且國小保健室的護士阿姨跟我說過，心情不好時就吃顆糖，甜甜的，心情就會好一點。但我沒有糖可以給你，所以只好叫老闆多幫你加點黑糖漿，反正意思到就好。」

我一說完，張爾陽就安靜了，他看著我的眼神慢慢的變得溫暖。然後，他伸出手拍拍我的頭，聲音溫柔地說：「我以前一直覺得妳是隻刺蝟，對除了妳好朋友之外的任何一個人總是充滿戒備，就算別人對妳再好，妳也老是用那副冷冰冰的態度對人。」

張爾陽說著，臉上慢慢揚起了笑，繼續說：「不過今天我才知道，其實妳就算再怎麼冰冷，也有溫暖的一面。」

我笑了笑，開玩笑地對他說：「所以我也算是冰山美人嗎？」

張爾陽捧著他的冰，往冰店座位區走過去，準備挑位置坐。他邊走邊說：「是冰山，但不是美人。」

「靠！張爾陽，你找死嗎？」

我追上去，狠狠一掌往他背後招呼過去。

張爾陽也不喊痛，轉頭咧嘴對我笑了笑，「女孩子家不要老是那麼粗魯啦！小心嚇跑溫禹宸！」

乍然聽見溫禹宸的名字，我下意識又定格了幾秒鐘。

「沒事提到他幹嘛？」

幾秒鐘後，我故作鎮定坐到張爾陽挑好的位置對面，眼睛不看張爾陽，舀了一口冰放進嘴裡後含著，吞下後，才開口問他。

「沒啊，就是突然想到他。」張爾陽頓了一下，又說：「最近他去撞球間找他表哥的頻率增加了，也不知道是為什麼。」

我已經很久沒聽到溫禹宸的消息了，而今突然聽到張爾陽提起他，還是免不了一陣心慌意亂。

「喔。」我應了一聲，當作是聽見了的回應。

雖然很想再多知道一點關於溫禹宸的事，不過我那該死的驕傲還是讓我拉不下臉問張爾陽。

倒是張爾陽像是知道我的心情一般繼續說：「我是聽說強哥最近交了一個女朋友，溫禹宸好像是為了這件事才去找強哥的。」

我猛然抬頭，看著張爾陽，心跳卻紊亂了起來。失望跟難過的情緒如浪潮般向我侵襲而來。

「他們……喜歡上同一個女孩子？」我怔怔地看著張爾陽，聲音有點乾。

「不知道。」張爾陽聳聳肩，挑著眉說：「不過這種可能性也不是沒有。」

我覺得我的世界整個都黑掉了。

雖然我知道自己跟溫禹宸連百分之一的可能性都沒有，但還是不想聽到任何關於他有喜歡的人，或是交了女朋友的消息啊！

「不過說不定也不是啊！妳別想太多。」

大概是我飽受震驚的表情太過明顯，張爾陽話鋒一轉，連忙安慰我。

「我、我沒有想什麼啊！」

我低下頭，假裝這根本就不干我的事般地彆扭說著。

張爾陽輕笑了一聲，「妳倔強起來的樣子真有趣。」

我抬頭橫了他一眼，沒好氣地說：「我沒有倔強。」

「說謊的樣子也很有趣。」

「我沒有說謊。」

「彆扭的樣子也很有趣。」

「我沒有彆扭。」

「故作堅強的樣子也很有趣。」

「我沒有故作堅強。」

「臉紅的樣子也很有趣。」

「……」

我決定不要理他了。

「不理人的樣子也很有趣。」

我抬頭瞪他。

「瞪人的樣子也很有趣。」

我繼續瞪著。

「快要發怒的樣子也很有趣。」

是在照樣造句是不是？

不要以為只有你會照樣造句，國小時，我的照樣造句可是超強的，從來都沒有失分過呢！

於是，我拿起舀了滿滿一湯匙的冰，就往張爾陽身上灑過去，然後說：「被冰潑到的樣子也很有趣。」

「雪特！」下一秒，張爾陽已經跳起來，用手撥著他身上的那些小碎冰，一邊撥一邊憋不住笑地罵著，「李靜綺妳這個瘋子，瘋起來真是無法無天的……我為什麼要答應跟妳來吃冰啊？雪特雪特雪特雪特……」

幾天之後，徐芸苓真的轉學了。

徐芸苓轉學的消息震驚了整個校園，許多男生為此感到難過與不平，那是一場浩大的集體失戀事件。

而真正的苦主張爾陽，雖然在跟我去吃完冰的隔天就彷彿恢復正常般地會跟班上同學們嘻嘻哈哈，但有時，當他安靜下來，那臉上不經易展露出來的憂傷和寂寞，還是不經意就洩漏了他一直以為隱藏得很好的悲傷。

徐芸苓離開後，張爾陽也變了。

他變得不再上進，成天都趴在課桌上睡覺，就連他向來最喜歡的數學課跟理化課，他也照睡不誤。

我常在上課時偷看他趴在桌上的身影，知道他的心裡一定有一道很深的傷口，正汩汩地流著我們看不見的血。

每位來我們班級上課的科任老師們，都曾因為張爾陽光明正大地在課堂上睡覺的事責罵過張爾陽。有的老師為了懲罰他學習態度不佳，會加派作業給他，有的老師則覺得罵也沒用，體罰也不見成效，就乾脆放棄他了。

很快地，張爾陽的成績掉到我們班最後一名，就像他國小時那樣。

但他彷彿不痛也不癢，成天都笑嘻嘻的，對於老師們的打罵也不以為意，每天依然我行我素地在校園裡飄來晃去。

有一次，我實在是看不下去，在上體育課時拿了一顆籃球，往他身上用力砸過去。

那時，我們班正在考籃球的帶球上籃。

張爾陽平時籃球打得不錯，但那一次的考試，不知道為什麼他總故意帶球走步讓老師扣分，或是讓籃球投不進籃框裡。

我跟沈馥萱站在一旁看男生們考試，順便想偷偷學習他們的動作，打算等男生考完換女生考時，就有樣學樣地做做樣子。反正女生考試標準比較低，只要投進三顆球，就能拿到基本分。

結果，我一看到張爾陽那吊兒郎當完全不把考試當一回事的樣子，一股氣就這麼樣從胸口竄出來。

等張爾陽嘻嘻哈哈從籃球場退下來時，我正好瞧見一顆滾到我腳邊的籃球。撿起來後，我就往張爾陽的身上用力的砸過去了。

那時張爾陽跟我就只相差五個步伐的距離，而那一球，我用力地使盡全身所有力氣朝他砸過去，正巧砸在張爾陽的肚子上。張爾陽疼得摀著肚子，一張臉瞬間變得死白。

「張爾陽，我警告你，你要是再這麼吊兒郎當下去，總有一天你會毀了你自己！」

我指著張爾陽大聲地罵，氣得身體忍不住都發抖了。

因為太生氣了，所以有片水氣就這樣迅速匯聚在我眼睛裡，我感覺到自己眼前一片晃盪，好像只要我一眨眼，眼淚就會不受控地掉下來。

我拚命忍著，不敢眨眼睛地不斷大口大口深呼吸著。

其實，我也不知道為什麼我會生這麼大的氣。不過，事後想起來，那應該是長期的情緒積累所致吧！

我實在看不慣張爾陽為了一個女孩子，就變成這副彷彿世上再無任何依戀的死樣子。

失戀誰沒有過？

我連暗戀都失敗了，也沒他那副要死不活的樣子啊！

難道我的心就沒有比他痛嗎？難道當我被溫禹宸拒絕在他心門外時，就不會難過嗎？

我痛死了好不好？

不是沒說的痛就不算痛。

有些傷口，一旦被劃開了，就會刻在心頭一輩子，無法結痂、不能癒合，就算不去觸碰，還是會痛。

可是，就算再痛，日子還是要過；就算再痛，人生還是要走。

一蹶不振只能說明你這個人不夠勇敢、無法堅強，是個容易被打敗的廢渣！

而且，張爾陽之前還曾經信誓旦旦地跟我說過，等他長大了，會賺錢了，一定要讓他爺爺奶奶退休養老，好好過生活，不要再這麼辛苦了。

他還說過，他要好好念書，考一間好的大學，交一個漂亮的女朋友，帶回來讓他爺爺奶奶開心，堵住那些好事的鄰居跟親戚們的嘴，讓他們不會再取笑他是個沒媽的野孩子。

他說過的那些，我都還記得，為什麼他卻忘了？

「為了一個女孩子，你就甘心這麼自甘墜落嗎？這麼做，你到底是在懲罰你自己，還是在折磨你的爺爺奶奶？」

我說著說著，忍不住掉下眼淚了，「你就一定要這麼自私，就不能想想你爺爺跟奶奶，就一定要讓他們為你擔心嗎？」

張爾陽沒有看我，依然摀著肚子蹲在地上，倒是身旁一堆同學全圍過來了。

體育老師大概也聽到我罵人的聲音，吹了哨子宣布考試暫停，接著小跑步跑過來。

「怎麼回事？」老師看看張爾陽，又看看我，然後朝著我問。

我抿著嘴不說話，眼淚卻一直掉。

我們這個體育老師是個沒什麼脾氣的好好先生，他見我不肯說，也不勉強我，只好走到張爾陽身邊去把他扶起來，關心地問他，「你怎麼樣？要不要去保健室休息一下？」

張爾陽搖搖頭，虛弱地扯了扯嘴角，「老師，我沒事，我休息一下就好了。」

事情很快就傳到我們導師耳裡去。體育課結束後，我就被導師叫進導師室裡詢問事情始末。

但不管我們導師怎麼問我，我就是死都不開口，弄到最後，我們導師也被我搞毛了，怒氣沖沖地喝斥我一頓後，就把我趕回教室去了。

自那天之後，我跟張爾陽算是真正絕裂了。

而張爾陽並沒有因為我砸向他的那顆籃球和說的那番話有任何的覺醒，反而更加變本加厲。

以前，他只是上課時會趴在課桌上睡覺，現在可好了，遲到、早退、蹺課、逃學，一招一招全使了出來。

一開始，他蹺課沒來學校時，我還是會忍不住擔心他，到後來，次數一多，我也就麻木了。

我們導師也為了他老是蹺課這件事頭痛不已。

為此，導師還聯絡了張爾陽的爺爺奶奶到學校來，了解他在校外的私下狀況，我就曾經有一次，下課時間經過導師室時，看到他爺爺一直低著頭，屈躬卑膝地在向我們老師道歉。而他奶奶，則傴僂著身子、紅著眼睛在一旁抹眼淚。

看得讓人都心酸了起來。

不過，就算張爾陽的改變再多再大，我還是堅信，一個人的本質是怎麼樣都不會改變的。

就像我相信張爾陽的心還是有一塊角落是柔軟的，相信張爾陽還是我認識的那個善良男孩。

就在張爾陽的爺爺奶奶被老師請來學校詳談過的幾天之後，張爾陽又揹著書包來上學了。

也許是不想再讓向來疼愛他的爺爺奶奶擔心了，張爾陽自那天起安分了許多，上課雖然還是一樣不專心，但至少不會再大剌剌趴在課桌上睡覺。雖然還是一樣不聽老師們的勸導，但至少不會再動不動就蹺課消失。

沈馥萱曾經為了張爾陽失戀後陰陽怪氣的轉變擔憂得掉過眼淚。如今，她依然能為了張爾陽似乎慢慢好轉的改變，開心地抱著我哭。

「我想，我這輩子應該真的都不會再愛一個人，像我愛張爾陽那樣了。」

沈馥萱紅著眼睛、吸著鼻子對我說。

雖然，對那時才十五歲的我們來說，「愛情」這兩個字是我們單純世界裡最沉重的名詞，但我們都不能否認，在那段願意無條件付出卻不求任何回報的歲月裡，喜歡一個人，確實就是那麼純粹與執著的事。

為他哭、為他笑、為他歡呼、為他落寞……所有的情緒，都只因他的一個小小表情或舉動，就能在我們的世界裡造成巨大的影響力。

因為，這就是……愛情。

國二下學期，就這樣在哭哭笑笑中飛快過去了。

張爾陽沒有變得更壞，對我而言也是令人欣慰的事。

這個暑假，我依然像之前一樣每星期去圖書館兩次。

不一樣的是，我再也不會特意繞路去撞球間門口看看了。

說我是躲強哥也好，說我是不想再遇見溫禹宸也好，甚至是說我不願意再理會張爾陽也行，總之，我就是想讓自己的世界平靜一些。

但其實，我再怎麼偽裝表面上的淡定，也騙不了自己內心裡真實的想念。

而我不再去撞球間，只是因為害怕，怕不小心看見溫禹宸帶著別的女生出現在那裡。

對於之前張爾陽對我說過，溫禹宸跟強哥可能喜歡上同一個女生的推測說法，我確實始終耿耿於懷。

可是耿耿於懷又怎樣？心痛得要死又怎樣？人家根本就不知道。就算知道了又怎樣？他根本就不是我的誰啊！我們甚至連「同班同學」這層最基本的關係都沒有過。

於是，整個暑假，我都待在家裡，不是看書就是看電視。

暑假剛開始時，我還打過幾通電話給周芷懿，不過每次都找不到她的人，接我電話的永遠都是她媽媽，給我的回答也永遠都是「她去學校自修了」或是「她去補習了喔」。

幾次找不到她的人，也沒接到她的回電，我也就不再打電話給她了。

倒是沈馥萱，她隔三差五地就會打電話給我，問我在幹嘛，然後跟我聊一些她的心事跟煩惱：聊她哥哥有多討人厭，老是要跟她吵架，像個幼稚鬼。聊她爸爸有多煩人，管東管西老對她碎碎唸，好像就是看她不順眼一樣。聊她媽媽像個偵探，老是偷翻她的抽屜，還以為神不知鬼不覺。搞得她跟她媽就像諜對諜，連她寫日記也要用英文寫，防止被她媽媽偷看。

「我真想去死一死。」

有一次，沈馥萱在電話裡哭著對我說。

那是我第一次聽到她跟我說她想去死，她說她已經上網查過各式各樣的死法，還告訴我她鍾情怎麼樣的死亡方式……

那一次，我簡直要被她嚇死。

我在電話裡語無倫次地要她別太激動、不要亂想，我馬上就去她家找她。

然後，我跟媽媽大略地提了一下沈馥萱在電話裡跟我說她想去死的訊息，我媽一聽，臉也嚇白了。

接著，媽媽抓起抽屜裡的機車鑰匙，對我說：「我載妳去她家好了。」

我感激地朝她笑了笑。

其實這幾年下來，我跟媽媽的關係已經改善不少，我媽知道我骨子裡的反叛性格，很多事，她都只會用「點到為止」的方式對我表達。很多時候，她知道放手讓我自己去想、去做，會遠比她亦步亦趨繞在我身旁盯著我的效果好。

她努力地以朋友的模式跟我相處，而我也不得不承認，媽媽真的是很聰明，她這麼做，成功沖淡了我對她跟我爸曾有的不滿。

雖然我還是沒辦法跟爸媽敞開心胸說心裡話，但畢竟是每天要相處的人，我也盡量維持彼此表面上的和平，基本的閒話家常，我還是會做到。

相較之下，媽媽對我的包容似乎大得多，她似乎很努力想走進我的世界裡。對我提出的要求，只要不是太過分的，她幾乎都會同意。

難怪世人總是讚頌母親的偉大。在我看來，我媽能這樣無止境包容一個跟她不親暱，而且常常給自己披上保護色的孩子，也真的是滿偉大的。

一直到沈馥萱腫著兩顆眼睛來開她家的大門，我媽才終於放心地對我說：「早點回來，如果需要我來載妳，妳再打電話給我。」

說完，媽媽又發動她那部被她戲稱是「法拉利」的摩托車回家去了。

我媽的機車一離開我們的視線，沈馥萱馬上露出羨慕的表情對我說。

「妳媽對妳真好。」

我只是淺淺地笑了笑，沒對她說起我小時候的遭遇，和曾經在我心裡發酵著的各種抱怨。

這些年，我跟家裡的關係雖然沒壞到哪裡去，但也稱不上親暱。

不過爸媽對我向來採取放任的管教方式，總不會過度追問我的事，我要出門去圖書館或去其他地方，他們也都是睜一隻眼、閉一隻眼的隨便我，只告訴我一句話，「不要變壞，就好。」

我想，能這樣彼此信任，是親子間最好的關係。

那一天，躲在沈馥萱的房間裡，我們談了許多。

在那個「為賦新詞強說愁」的年紀裡，我們都太容易鑽牛角尖了，太容易讓自己的心變得悲觀，太容易把別人的關心當作是壓力。

「我就是不喜歡他們那樣子對我。」沈馥萱掉著眼淚說：「不喜歡我哥老是用言語激怒我，不喜歡我爸動不動就唸我，不喜歡我媽老是偷翻我的抽屜。」

其實，我見過沈馥萱的家人，知道她家人其實都是很愛她的，他們都把她當成公主一樣疼著。

沈馥萱卻把他們對她的關愛看成了壓力。

我不知道要怎麼安慰沈馥萱，只能叫她多想想他們對她好的時候。告訴她，她的家人都很愛她、關心她，只是不知道怎麼表達，所以只好用那種最老派的方式關心。

沈馥萱其實是個性樂觀的人，雖然偶爾會有莫名的悲觀，但總是很快就雨過天青。跟她聊了兩個多小時，沈馥萱的媽媽來敲她的房門，招呼我們吃午餐。

本來我因為不好意思，直說要回家吃就好，但沈媽媽堅持留我。

一走到餐桌前，我就看到滿桌子豐盛的菜餚，看起來美味又可口。

「我媽最大的強項就是把菜煮得很好吃。」

沈馥萱看我一臉驚呆了的表情後，開玩笑地對我說。

沈媽媽在一旁也跟著笑，然後喚沈馥萱去廚房拿碗筷。我想跟著去幫忙時，被沈媽媽拉住了。

她看著我的眼睛，目光溫柔的悄聲對我說：「謝謝妳過來陪我們家萱萱聊天，她最近變得很敏感，脾氣有點大，老是跟家人針鋒相對，我也不知道要怎麼跟她聊。她總說我們都不了解她，不懂她的想法，就拒絕跟我們溝通了。不過幸好妳來了，妳跟她聊一聊，我從萱萱的笑容裡，看到她好像沒那麼帶刺了。以後，只要妳有空，沈媽媽都歡迎妳來，來玩或來陪萱萱都好。」

我點點頭，覺得自己被賦予重任了。

沈馥萱的聲音這時從廚房裡傳出來，喊著，「媽，要拿哥哥的碗筷嗎？」

「不用。」沈媽媽望著我笑，聲音彷彿很愉快地喊回去，「哥哥說今天他要跟社團的人去吃午餐，要傍晚才能回來。」

沒幾秒鐘，沈馥萱已經拿著幾個碗跟幾雙筷子走出來了，她走到餐桌前一邊擺碗筷，一邊說：「真羨慕哥哥，我到底什麼時候可以像他一樣，動不動就跟社團的人去聚餐？」

「等妳上高中參加社團後，就可以啦。」沈媽媽招呼我坐下後，一面幫我們添飯，一面回答沈馥萱的問題。

「好久喔，還要等一年……媽，我的飯添兩口就好了，我減肥。」

「小孩子減什麼肥？妳又不胖，不要老學那些瘦巴巴的電視明星喊減肥，女孩子太骨感不好。」

沈媽媽說著，就把一碗添到飯都快尖起來的飯碗放我面前。再左手拿一個空碗，右手拿著飯匙，往飯鍋裡挖出滿滿的一大坨飯，伴隨著沈馥萱驚恐的尖叫聲，裝進左手的那個空碗裡。

「這麼多，我哪吃得完啦？」沈馥萱哭喪著臉。

「可以的。」沈媽媽雙手握拳，做出幫她加油的動作，說：「媽媽對妳有信心。」

「吃飯這種事，有信心要幹嘛？」沈馥萱哀怨地瞪了她媽媽一眼。「我又不是要去參加大胃王比賽。」

沈媽媽沒理她，夾了一塊糖醋排骨給我，「來，嚐嚐，這是萱萱最喜歡吃的一道菜。」說完，她又夾了一塊丟進沈馥萱碗裡，說：「妳也吃。」

「這東西太高熱量了啦！我減肥不能吃太多。」

沈馥萱說完，心口不一地就把那塊糖醋排骨塞進自己嘴裡，一邊咀嚼著，一邊說：

「好好吃。」

「好吃就多吃一點。」沈媽媽像得到鼓舞般，又連忙夾了兩塊放進沈馥萱的碗裡。

沈馥萱連忙用雙手蓋在自己的飯碗上方，拒絕沈媽媽再往她的碗裡丟食物。

「就說了這東西熱量太高，我不能吃太多嘛！」

「喜歡就多吃一點啊，妳那麼瘦。」沈媽媽完全不能同意沈馥萱的觀點，「而且只是幾塊肉，能胖到哪裡去？大不了等妳胖了，我再陪妳去操場跑步嘛！」

「等到胖了再去跑操場就太慢了啦，胖了之後再瘦下去會有肥胖紋，妳不知道嗎？」

聽著沈馥萱跟沈媽媽有點幼稚的鬥嘴，我整場都不自覺地笑著。那頓飯吃得很開心，跟平時我在家和爸媽吃飯時的安靜很不一樣。

原來，這才是真正「家」的熱鬧氣息。

吃過午餐，我又在沈馥萱她家客廳坐了一會兒，看了一部喜劇電影，直到下午快三點，才告別沈媽媽跟沈馥萱，亂編了個理由說我要回家溫習功課。

沈媽媽本來要開車送我回家，但我婉拒了。我說好久沒運動了，想走路回家順便運動強身。

沈媽媽一副「一樣都是十五歲，怎麼人家就這麼懂事又積極進取，充滿正面能量」的表情，還要沈馥萱多跟我學習學習。

我跟沈馥萱互看了一眼，對彼此露出一個了然於心的微笑。

很多事，盡在不言中啊！

回家途中，我一邊走，一邊腦袋空空的什麼事都不想，然後發現，有時候讓腦袋放空，其實也很愉快。

不去想那些惱人的事，就不會煩惱。不去想那個思念的人，就不會掛念。

走著走著，突然有個人拍了我的肩膀一下。

我回過頭去，映入眼簾的，居然是好久不見的周芷懿。她正笑容洋溢地站在我身後，衝著我笑。

「妳怎麼會在這裡？」

乍然看見她，我驚喜萬分，一開口，正好跟她異口同聲說出相同的話。

說完，兩個人就像傻子一樣對望著傻笑，等待對方的回答。

周芷懿見我不急著回答，於是往前向我靠了過來，挽住我的手，對我眨著眼，說：「妳先說吧，妳在這裡做什麼？」

她說完，我就裝模作樣地原地踏步了起來，偏著頭微笑著看她，「妳剛才沒看到嗎？我在走路啊。」

一句再平常不過的話，卻逗得周芷懿笑出眼淚來。

「我是說，妳剛才去哪裡？為什麼來這邊？」笑過一陣後，周芷懿重新提問。

「去我同學家陪她聊天說心事，現在任務完成，正要回家。」我回答完，又接著問：「那妳呢？妳也正要回家嗎？」

周芷懿點點頭，然後捏了一把她已經長過肩的頭髮，輕輕地放鬆指尖，讓抓在她指尖上的髮絲慢慢落下，再神祕兮兮地問我，「妳看得出來嗎？」

「看出來什麼？」我疑惑。

「看出來我的頭髮有什麼不一樣啊。」

我睜大了眼仔細看了幾秒鐘，誠實地搖頭。

周芷懿見我一臉茫然，笑得更開心了。

「幸好耶，設計師果然沒有騙我。」

「嗯？」

「我染頭髮了啦！妳真的看不出來喔？」周芷懿指著自己的頭，又對我說。

「啊？」我再度仔細看了看她的頭髮，終於在陽光照射下，看到她的髮絲透著隱隱約約的深紫色。「是……紫色的嗎？」

「妳好棒喔！」周芷懿抱住我，興奮地說：「妳看出來啦？」

「不是很明顯，好像要在陽光下才看得出來。」

「好看嗎？好看嗎？」

其實根本就看不出來好不好看，若不是在強光下，那種深紫色平時根本跟黑色髮色沒什麼差別啊！

不過當周芷懿用她那雙熱烈的眼神盯住我，我就覺得我必須要說謊了。

「好看。」

「太好了。」周芷懿又興奮起來，「聽到妳這麼說，我可以放心沒有選錯顏色。」

「不過，妳染頭髮做什麼？」我疑惑地問。

「沒有什麼為什麼。」周芷懿說：「我就是想要嘗試一些不一樣的事情而已。」

「既然這樣，那為什麼不乾脆就染一些讓大家一眼就能看得出來的髮色？比如淺栗子色或淺棕色什麼的。我看有些人染那種顏色都很好看，妳是瓜子臉，皮膚又白，染起來一定也很好看。」

「學校不准啊！」

周芷懿摸摸自己的頭髮，露出失望表情的瞅著我。

「而且如果我真的染了妳說的那些顏色，一定會被我爸打死的啦！妳不知道嗎？我爸那個人超古板的，我媽前陣子說她頭上長了些白髮，看起來整個人像老了幾歲，想去美髮店讓人把頭上的白髮染黑。她才一說完，我爸就開始碎唸了，說了一堆染髮劑可能對人體造成的危害，硬是講到我媽打消染髮念頭才罷休呢！」

說完，周芷懿馬上又一掃方才的失望神色，把自己左耳邊的髮絲塞到耳後，開開心心展示她的耳朵給我看，用興奮的口吻對我說：「妳看妳看。」

我瞅了半天，瞅不出個什麼來，幾秒鐘後，才愣愣地開口。

小小的黑點。

「看什麼？」

「妳沒看到我的耳垂上鑽了耳洞嗎？」

經她這麼一說，我馬上仔細定睛在她的耳垂上，果然在她圓潤厚實的耳垂看到一個小小的黑點。

「妳什麼時候去穿耳洞的？」

我驚訝極了，周芷懿向來怕痛，連手指頭不小心被紙張劃傷都會忍不住喊痛，哭得像要世界末日一樣，怎麼會有勇氣鑽耳洞？

而且小六時，我們還討論過長大後要不要去穿耳洞。那時我們班上還流傳著一個傳言，說是女孩子一旦鑽了耳洞，來生就一定還會投胎成女孩，變不成男孩子。

周芷懿那時一直羨慕男生可以穿褲子上學，可以不用注重形象地跑跑跳跳，可以成群結黨地勾肩搭背、歡騰喧囂。不像女孩子，不管何時何地都要端裝守禮，動作不能太大，可以微笑不可以大笑，講話要輕聲細語……一堆煩人的規範。當時她就說她下輩子一定要當男生，所以無論如何都不會去穿耳洞。

怎知，她的話還猶言在耳，再見面時，她卻已經去染了頭髮、穿了耳洞，變成一個我漸漸陌生的周芷懿了呢？

我覺得她的世界好像正慢慢脫離我與她曾經並行的那個軌道。雖然她還是她，我也還是我，但在不知不覺中，我們都已經慢慢改變了。

「上星期六，我同學帶我去穿的。」

周芷懿說完，就從她的牛仔褲口袋裡掏出一個小小的黑盒子，盒蓋是透明的。她打開盒蓋，從裡面拿出一對亮晶晶的小小玻璃鑽穿式耳環，熟練地迅速戴在自己耳朵上，然後笑嘻嘻地問我，「好不好看？」

我看著兩顆停駐在她耳上宛若閃爍著明滅光芒的星子，點點頭。

她見我點頭，馬上又把她耳上那一對耳環拔下來放進黑盒子裡，將盒子小心翼翼塞回她的牛仔褲口袋，然後朝我滿意地笑了笑。

「我穿耳洞的事，妳也要幫我保密喔！千萬不能讓妳媽媽知道，我怕妳媽會不小心告訴我媽，那可就糟糕了，會鬧家庭革命的！」

周芷懿拉著我，拜託的表情。

我又是點頭，然後不解地問她，「怎麼想到要去穿耳洞？不痛嗎？」

「因為我男朋友說他比較喜歡成熟一點的女孩子。」周芷懿對我笑了笑，「當然還是會有一點痛啊，不過為了讓我男朋友更喜歡我一點，那點痛也不算什麼。」

聽周芷懿這麼說，不知道為什麼，我突然好想生氣。

兩個人在一起，不是就是因為被彼此最原始的模樣所吸引才決定在一起的嗎？那憑什麼交往後，又要說出那種比較喜歡什麼什麼類型的女孩子的話，暗示對方要為他改變呢？

「妳趕快跟妳男朋友分手啦，他有什麼資格叫妳變成他喜歡的樣子？他喜歡成熟的女生，不會另外找一個符合他理想的對象就好了嗎？妳只是個國中生，是要成熟到哪裡去？」

我突然炸開來的情緒嚇到了周芷懿，她怔怔地盯了我幾秒鐘後，才慢慢開口，「他沒有叫我為他改變，是我自己心甘情願的啦！」

我撇過頭，「哼」了一聲，繼續生氣。

「真的啦！」

周芷懿見我還在生氣，討好似地搖著我的手撒嬌，幫她男朋友漂白，「我男朋友他人真的很好，對我也很好，他真的沒有要我為他改變什麼。可是妳也知道，喜歡一個人就是會這樣，會想要付出很多很多，會想變成他喜歡的樣子，對不對？而且我真的覺得我這樣的改變並沒有犧牲什麼或委屈，跟他在一起，我很快樂，這些為他所做的小小改變，也讓我很快樂，真的！」

我還是不理她，不過心裡到底還是為了她真心誠意的那些話而有了些許的動搖，胸口的那把怒火似乎也被澆熄了一些，不再那麼生氣了。

「李靜綺，妳不要生我的氣了嘛！」

周芷懿挽著我的手，把頭靠在我的肩上撒嬌，就像我們還很要好的那時候那樣。有一朵微笑，不知不覺地，就這麼悄悄爬上我的嘴角。

只是，那天回家後，不知道為什麼，我心裡就一直悶悶的，像有什麼東西壓在胸口一樣。

偶遇周芷懿本來應該是令我開心的事才對，但跟她告別後，在回家的路上，我踩出去的每一個步伐卻都帶著無以名狀的沉重。

晚上，我躺在自己的床上，望著天花板發呆。

想起周芷懿偷偷染上深紫髮色的頭髮，想起她漂亮耳朵上偷偷穿的耳洞，想起她說自己為男朋友而有所改變的心甘情願，想起我與她似乎已經無法再並肩而行的未來……

突然間，我有點悲傷。

又隔了幾天，我去圖書館借書，出來時，意外地看到溫禹宸正坐在圖書館外面的欄杆上看著我。

眼睛對上他雙眼那一瞬間，我整個腦袋都空白了，忘了要怎麼動作、忘了要怎麼走路、忘了要怎麼呼吸，就只是站在原地，傻傻地看著他。

「嗨！」

溫禹宸從欄杆上跳下來對我打招呼，嘴角掛著一抹似有若無的淺笑。

我完全不知道要怎麼反應，只能眼睜睜看著他朝我走過來。

心跳加速啊、手腳發軟啊什麼的，都已經不足以形容我侷促的感受，我只覺得我的小宇宙似乎被溫禹宸輕輕一撩撥，就整個都翻覆了。

「還是那麼愛看書啊？」溫禹宸終於停下他向我靠近的腳步，站在距離我不到十公分的地方微笑著。

我的耳朵嗡嗡作響，他的聲音似乎是從很遙遠的星球傳過來的。

我還是愣愣的。像個笨蛋般的反應，在他的眼裡看來一定很搞笑。

他是刻意在圖書館外等我的嗎？還是在等什麼人，剛好遇見我才過來打招呼的？

下一秒，已經有幾百個疑問在我的腦袋裡不斷冒泡。

「我送妳回家吧！」

再接下來，當我的知覺好不容易快要恢復時，溫禹宸的這句話馬上又把我打得暈頭轉向。我還是只能呆愣愣的，像個傻子般看他。

「妳今天的反應好特別呢！」大概是我的表情逗笑了溫禹宸，他微蹲著身子，歪著頭看我，笑得非常好看，「特別呆。」

最後那句話，馬上把我拉回現實。

瞬間，我所有的知覺都重新活過來了，一扭頭，我就沒理他就逕自往前走。

溫禹宸追上來，走在我身邊，雙手很隨性地插在他牛仔褲的口袋裡，跟我並肩齊行。

一開始，我還是很緊張，但走著走著，心跳竟慢慢平緩下來。

我們什麼話也沒說，我甚至不知道他為什麼會突然出現在我面前，又來到了我的身邊。

但我可以確定的是，此時此刻，我的心是飽滿的。

有飽滿的快樂與滿足，就這麼樣充塞在我的胸口。

耳邊聽到的是吱喳的鳥鳴，平時並不覺得怎麼樣，甚至偶爾還覺得有些吵的鳥語聲，此時聽起來竟如天籟。

我從來不知道，原來就連麻雀也能唱出如此好聽的旋律。

「欸，那個……」

冷不防的，一旁的溫禹宸突然開口了。

本來平靜下來的心跳與呼吸，此刻又被他攪得不平靜了。

我依然低著頭，假裝什麼事都沒有般地繼續走著。

「妳去勸勸周芷懿吧！」

一聽到「周芷懿」三個字，我馬上抬起頭，停下前進的腳步，目光望向溫禹宸。

「她，嗯……」溫禹宸也停下腳步看著我。他的眼神溫柔深邃，已經跟孩童時候有些不一樣了。本來有些桀驁不馴的清亮雙眸，現在卻像寫滿了故事一般，變得幽深，但更加地溫暖柔和。

我安靜地等待他繼續說下去。

等待的那幾秒鐘裡，我突然想起很久以前，他似乎喜歡過周芷懿，還寫了一封告白信給她，我記得那時幫周芷懿回信的人還是我呢！只是後來，他就沒有再回信給周芷懿了。不知道他還記不記得這件事。

「周芷懿她現在跟我表哥在交往……」

溫禹宸話才剛說完，我馬上激動得像被什麼東西咬到一樣，撲到他眼前，抓住他領口的衣服，瞪大了眼問：「真的假的？」

溫禹宸大概是被我的舉動嚇到，他也睜大了眼，瞪著我。

然後，在我猙獰的表情中，他像小媳婦般輕輕點了點頭。

這時，我才意識到，我居然在情急之下做出這麼踰矩的大膽舉動，於是連忙放開溫禹宸的衣服。

「對、對不起。」我說。

簡直羞愧死了！我為什麼可以這麼不顧形象啊？

一旁的溫禹宸輕笑出聲——他居然還笑得出來？我都快要羞憤到挖洞自埋了好嗎？

「妳的反應太好笑了！」他還在笑。

我幽怨地瞪了他一眼，一字一句強調，「並、不、好、笑！」

溫禹宸還是笑，他一邊笑，一邊看著我，眼睛也彎彎的。

為什麼他笑起來這麼帥？

現在的他，已經有些大人的樣子了，不管是身高，或是說話的語氣、走路的姿態、看人的目光，都在在彰顯他謙謙君子的模樣，不像跟我們同年紀的男生那般的輕挑浮躁。

我的心情很糾結，一方面是被他看得心思完全都亂了，另一方面則是因為聽到周芷懿的戀愛對象居然是強哥這件事。

那個我最討厭的渣男代表，竟然從周芷懿的嘴中被形容出來成了全天底下最好、最專情的男人……她到底有沒有事？

愛情，果然是會讓人一染上就變成神經病的嚴重疾病。

「不要笑了啦！」我皺起眉，「你怎麼沒有試著拆散他們兩個？」

「我試過了啦！」溫禹宸斂了斂笑容，認真地說：「為了周芷懿的事，我還跑去撞球間找過我表哥幾次，勸他放過周芷懿。但我表哥說他對她是認真的，死活都不肯放手。周芷懿也是，我也找她談過，但沒辦法，她對我哥太死心眼了，我說不動。」

我簡直要昏了。

「我是真的是沒辦法了才來找妳。」他又說。

我看著溫禹宸淡然從容的表情，雖然不明白為什麼他會為他表哥跟周芷懿交往的事緊張，不過老實說，看他居然是為了周芷懿的事才來找我，我心裡還是有點不舒服。

「你幹嘛那麼關心她？」我刻意讓自己的語氣聽起來自然一點，如若無事般。

溫禹宸看著我，那眼神澄澈清明。

「因為我表哥不是什麼好東西啊。」他回答得再自然不過，「而且周芷懿是妳的好朋友，我也不希望看到她被我表哥傷害。」

「你這麼擔心她，是不是因為你也喜歡過她的關係？」

我居然就這麼沒頭沒腦地把心裡的疑問提出來了！

溫禹宸的一雙眼突然睜得老大，他看著我，也是滿臉疑問。

「我沒有喜歡過她啊！」

「可是你國小時寫信給她過啊。」

「沒有。」溫禹宸斬釘截鐵地回答我，隨後又像想到什麼似的，「不過張爾陽倒是曾經交給我一封周芷懿寫給我的信，內容非常莫名其妙，我看過後，就把信撕了。」

我的腦袋乍然靈光一閃，想到國小時，有些男生會很無聊地假冒別人的名義寫信跟女生告白，想來，當時溫禹宸跟周芷懿應該成了那些臭男生捉弄的對象了吧！

幸好當時兩位當事人都沒對這件事情太認真，也都低調地處理整個事件，不然，事後一定又會被那些無聊的小屁孩拿來當話柄，四處亂說話。

後來，溫禹宸把我送到我家門口，跟我道別時，又提醒我，「妳還是找個時間去跟周芷懿談一談，說不定妳說的話，她會聽一下，自從跟我哥在一起後，她的成績掉了很多，連老師都找她關切了。」

我有些遲疑地點點頭。

可是，愛情這種事，除非當事人自己能想通，不然就算旁人再怎麼耐心規勸，也不一定能救援成功啊！

「我也知道，要勸她回頭真的很難。」溫禹宸看出了我的為難，他笑了笑，「畢竟她是第一次談戀愛，戀愛的對象又是個情場老手，不要說什麼見招拆招了，沒有招招致命就已經很好了。」

「我會找她聊一聊的。」

自己的朋友，自己救。關於這一點，我還是能夠堅持的。

就算拉不回她，至少，我盡力了。

溫禹宸又朝我笑了笑，用溫柔的語氣說著，「妳自己的功課也要加油喔。」

說完，他朝我擺了擺手，轉身。

看見他的背影，我心頭突然漫出濃濃的失落感，於是我出聲叫住他。

溫禹宸沒有任何遲疑地迅速回頭，還是那副舒眉展笑的表情。

「你還打撞球嗎？」我問。

「很久沒碰了。」他笑笑著說：「現在我只把心思放在功課上，玩樂什麼的，以後再說吧！」

聽見他這麼說，我自然而然地私心把它解讀成「我目前只想好好念書，沒空玩，也沒空交女朋友」……

一這麼想，心情突然變得很好。

心情一好，笑容也順勢爬上我的臉龐了。

「那……我們都好好加油吧！」

溫禹宸點頭，又重新向我揮手。這一次，我沒再叫住他，安靜地看著他離去的身影慢慢消失在我的眼前。

雖然有一點寂寞，但是，我的心有一大半還是快樂的。

並且，為了他送我回家這件事，暗自竊喜著。

這是我第一次讓男生送我回家，對象還是我喜歡了很久的男生。這種事，再怎麼說，都是值得放在心裡回憶一輩子的。

那天晚上吃過晚餐後，我打電話給周芷懿。

周芷懿的聲音聽起來似乎有些低落，鼻音有點重。

「妳怎麼了？」透過話筒，我問她。

「沒什麼，就是跟我媽吵了一架。」她吸了吸鼻子說。

「為什麼吵架？」

「我媽她知道我交男朋友了，她要我把心先放在課業上，等上大學以後再談戀愛，叫我跟我男朋友分手。我不肯，我們就吵起來了。」

「她怎麼知道妳男朋友的事的？」

「她看到的。」周芷懿沮喪地說：「早上我騙我媽說我要去學校自修，出門後，我就跟我男朋友跑去看電影和吃飯。玩到下午回來時，我男朋友騎機車送我到我家附近的巷子口，想不到我才剛下車，就看到我媽站在一旁的店家門口外看著我。回來後，我媽說她會先幫我保密，不讓我爸知道，但前提是我必須跟我男朋友分手。我媽說，她一看就知道我男朋友就不是什麼好孩子……」

我突然暗自佩服起周芷懿的媽媽，識人的目光竟然如此犀利，只是一眼就能知道強哥不是什麼好人！

周芷懿哭了起來，哽咽著繼續說：「我很生氣我媽這麼說，她憑什麼只見我男朋友一眼就斷定他不是好孩子？還說我如果繼續跟他在一起，我的未來一定會毀掉。她又不認識我男朋友，沒相處過，憑什麼就這樣否定他？」

「妳媽是為妳好……」我說。

「她才不是為我好！」周芷懿生氣地大喊，好像是故意喊給她媽媽聽，「人跟人相處要學會看對方的優點，不能只看缺點，這是她教我的，可是她說一套，做又是另一套，根本就是虛偽的小人！」

「周芷懿，妳不要這樣說妳媽媽！」

我好怕她媽媽聽到會衝進房間裡海扁她一頓，連忙出聲制止。

「我偏要說，偏要說！」周芷懿深吸了一口氣，喊得更用力了，「我就是不要跟他分手，我就是要跟他在一起，讓他帶壞我。反正這是我自己的人生，誰都沒有插手的權利，要好要壞，我自己決定，不用誰來幫我決定。」

這一次，連我都想海扁她了。

「周芷懿，妳瘋了嗎？」我忍不住出聲，語氣嚴肅，「妳知道妳男朋友是什麼樣的人嗎？」

「我才不管他是什麼樣的人，我只知道他對我很好，會聽我說話，會逗我開心，會帶我四處玩。跟他在一起，我很快樂……」

「人生不是只要快樂就可以了，兩個人在一起，除了快樂，還要一起飛翔、一起成長。但我認識的妳的男朋友，並不是可以帶妳一起飛翔的人。」

「不用說得好像妳很懂的樣子，妳又不認識他。」這一回，周芷懿把苗頭指向我，氣全往我身上發了。

「我認識他。」

我說，然後用力深呼吸了幾次，努力把自己的脾氣控制好。

「早在我們國小的時候，我就認識他了。那時，他還是高中生，後來因為打架，被學校退了學。他還交往過許多女朋友，其中有個女朋友，是他高中時的同班同學，但那時因為那女生上大學，不能陪在他身邊，所以他又偷偷和其他的女生交往。後來東窗事發，兩個女生見了面打起來，而妳的那個男朋友，卻在兩個女生為他打架時，像隻縮頭烏龜一樣躲在一旁看戲，一直到後來圍觀的人越來越多，他才出手護著自己的正牌女朋友，打了自己拈花惹草勾引來的小三……」

「妳騙人！他不是這樣的人。」

「他就是！」我義正詞嚴地反駁她，「我認識的他，就是一個這麼廢的人渣，對愛情不專一，喜歡腳踏好幾條船。還有，妳知道嗎？他其實是有黑道背景的。」

「騙人！」周芷懿大喊。

「我沒有騙妳！」我的音量也跟著大起來，「妳要是不信，可以去問溫禹宸，他是妳男朋友的表弟，溫禹宸的老爸是幹什麼的，妳也可以順便問一問。妳男朋友是混黑道的，溫禹宸的老爸也是，他們整個家族都是！但妳男朋友是個不入流的黑道人物，說他是個流氓還差不多。」

「我不相信……」周芷懿哭了起來，她的聲音低了下去，喃喃的，「妳是不是跟我媽串通好了，為了勸我跟我男朋友分手才編出這一堆謊話？李靜綺，我沒有要求妳支持我談這一段感情，可是妳也不應該反對我啊！如果連妳都反對，那我要怎麼辦……」

「沒要妳怎麼辦！」我硬著心腸說：「分手吧！」

「我不要。」

「一開始一定會痛的，可是過一陣子之後，妳就會慢慢好起來了。」我深吸了一口氣，「周芷懿，妳不能讓妳自己的人生毀在這個人手上，妳一定可以遇到更好的人，相信我。」

「不要說得那麼輕鬆！」周芷懿的情緒又激動起來，她喊著，「妳又沒談過戀愛，不用說得一副好像妳什麼都懂一樣，妳根本什麼都不懂！」

「我是為妳好……」

「為我好、為我好，什麼都說是為我好，但妳真的知道什麼才是對我好的嗎？不要只會嘴上說說而已……我討厭每個說為我好，卻不想真正了解我心裡想法的人，包括妳，李靜綺！我討厭妳！」

周芷懿說完，就「喀」一聲，掛掉電話了。

我再撥電話過去時，話筒傳來忙線音。

那個晚上，我大概撥了十幾通電話給周芷懿，但每一次，電話都沒有接通。

我想，應該是周芷懿拒絕再跟我溝通，直接把電話話筒拿起來了吧！

於是，我的眼淚隨著每一次的電話忙線音，潸然落下。

因為一段不合適的愛情，因為一份自以為是的關心，我失去了一個曾經陪我哭笑、陪我瘋狂，在我最蒼白的歲月裡，寫下那頁最美麗詩篇的好朋友……

自那天起，我失去了周芷懿的消息，也不再遇見溫禹宸。

這兩個人，就像是夏日天邊最美麗的那道煙火，乍然出見，驀然消失。

因為知道跟周芷懿談戀愛的對象是強哥，讓我的心情低沉了好幾天。

我想起之前被強哥傷害過的小蕎姊，想起為了強哥哭紅了雙眼的那個女孩，又想起跟強哥正處於現在進行式的周芷懿……

我想起國小時跟周芷懿想處的點點滴滴，想起小時候的我沒朋友又沒自信，是周芷懿牽起我的手對我說：「我們來做好朋友吧！」

是周芷懿天天在我身邊打轉說話，把我原本封閉的心靈打開，讓我在她的帶領下放開心胸接觸這個世界，開始隨著她哭哭笑笑，開始體會生命中的美麗與醜陋。

是周芷懿改變了我，讓我變成現在這樣的我，變成一個連自己都想像不到的，更好的我。

不行……我不能就這麼眼睜睜看著她被強哥毀掉。

就算強哥真如溫禹宸所說是個流氓，就算溫禹宸三番兩次勸阻我不要再去招惹強哥，但如果我不去找他，那周芷懿要怎麼辦？

沒有人幫她，她要怎麼辦？

於是，又掙扎了幾天，為了周芷懿，我還是決定隻身前往撞球間。我打算找強哥談判，想請他放了周芷懿，不要以愛為名拉著她沉淪。她太單純，不是可以陪他玩玩的那種女孩子。

去找強哥的那一天，天空陰陰的，空氣中有股山雨欲來風滿樓的味道。

氣象報告說，有個中颱即將登陸台灣。

撞球間裡一如往常地煙霧裊裊，滿間的香菸味和笑鬧聲。我一走進去，就被那嗆鼻的菸味嗆得忍不住咳了起來。

好不容易止住了咳，我頂著兩顆因過度咳嗽而蓄滿淚水的紅眼睛往撞球間內部迅速掃了一圈，幾乎是毫不費力就看到了強哥的身影。

他正跟幾個看起來也是素行不良的男生們或坐或站地在一旁吞雲吐霧，嘻嘻哈哈笑得很歡樂的樣子。

我朝他們的方向走過去，快靠近他們時，強哥發現我了。

見到我的那一剎那，強哥臉上露出一抹稍縱即逝的疑惑。然後他站起來，一隻手夾著香菸，一隻手插進自己的褲子口袋裡，痞痞地對我露出邪氣的笑容。

「唷，天要下紅雨了嗎？我們的女漢子今天怎麼有空來？」一開口，就是那副輕佻又惹人厭的語氣。

就連他看人的眼神，都讓我感到萬分不舒服。

真搞不懂，為什麼周芷懿會為了這麼一個流氓，甘願跟關心她的我們決裂。

我鼓起勇氣站到他面前，露出一臉倔強又不屈服的表情，看著他。

「你可不可以跟周芷懿分手？」我的語氣跟我的表情一樣堅決。

「喔？妳也認識周芷懿？」強哥斜睨了我一眼，笑得壞壞的，「喔對！我好像聽說妳們國小時是同學。可是……怎麼辦呢？妳這位周同學長得那麼漂亮，講話又嗲又好聽，身材又那麼好，我都還沒玩夠呢，怎麼可以就這麼放她走呢？」

我一聽就火大，硬壓著差點要爆發出來的脾氣，死命瞪著強哥。

「如果你不是真的想跟她在一起，那可不可以請你放過她？她很死心眼，你這麼做根本就是在害她。」

「可是，分手這種事也要兩個人都同意才有辦法啊！」

強哥裝模作樣地嘆了一口氣，刻意露出無可奈何的表情說，「她前幾天打電話給我時，還死哭活賴地說她離不開我，說如果我跟她分手，那她就會去自殺。所以妳說我要怎麼辦呢？假如我現在直接拋棄她，那不是逼她去死嗎？」

「你……」

我的怒氣整個都上來了，氣極攻心，話卻像卡在胸口，怎麼樣都說不出來。

「妳這麼生氣是怎麼了？」強哥還是那一臉欠揍的模樣，「妳放心，我又不是什麼豺狼虎豹，不會啃了她的。」

我會對他放心才有鬼！

「好了好了，別這麼生氣啦！小女生笑起來漂漂亮亮的，綳著一張臉生悶氣多難看啊，是不是？」

強哥一說完，笑笑地掃了我們四周圍一圈，幾個離我們比較近，聽見得強哥說話音量的人全都捧場地笑了起來。

「跟她分手！」我咬著牙說。

強哥挑挑眉，把手上的香菸按進一旁的菸灰缸裡滅熄後，雙手抱著胸，皮笑肉不笑地對我說：「妳怎麼這麼固執？」

「你知道誘拐未成年少女是犯法的嗎？」我在書上看過這樣的字句，情急之下，居然什麼也沒想地就脫口說出。

話才一說出來，看到強哥臉上詭譎多變的表情，我馬上就後悔了。

強哥的情緒整個都被我挑起來了，他一雙眼睜得老大，那眼神簡直能殺人。

「我誘拐她了嗎？她現在有被我囚禁起來嗎？我跟她就是很簡單的相愛，這樣犯法了嗎？我他媽的有強暴她，還是毆打她了嗎？」

強哥每罵一句，就向我逼近一步，他一逼近，我就退。到後來，我已經被他逼到了牆邊，退無可退。

靠在牆上，我的眼睛瞪得大大的，看著強哥距離我不到兩公分的逼近臉龐，感覺到他噴吐在我臉上的鼻息，聞到他身上夾雜著香菸與檳榔的氣味。我很害怕、很害怕，我害怕得連心臟都忍不住震顫了起來，雙腳微微發抖著。

強哥雙手握著拳，一副快要爆炸的樣子。他舉起他的左手，迅速朝我揮過來，在我以為他就要打到我而閉起眼睛時，卻只感覺到耳邊的風聲，還有他的拳頭揮在牆上的撞擊聲。

「妳他媽的不要老裝出一副妳很懂的樣子，妳根本就什麼都不懂！」

強哥的臉一直在我面前放大又放大，大到我以為他的臉就要貼上我的臉時，突然有個人衝過來，推開了強哥。

然後那個人抓起我的手腕，把我拉到他身後，用他大大的手掌，握住我因害怕而不斷冒出冷汗的手。

是溫禹宸。

一見到他，我一直緊繃的神經，終於慢慢鬆懈下來。我知道，他會保護我。

「哥，夠了吧！」溫禹宸說。

他的掌心還是那麼暖和，足以溫暖我全身，熨燙出我雙瞳裡眼淚的溫度。

「怎麼又是你？」強哥很不客氣。

「不然你希望會是誰？」溫禹宸笑著反問。

強哥沒有馬上回話，他的目光越過溫禹宸望向我，那眼光裡，有許多憤怒與不友善。

「我記得你以前說過，這個人，是你想保護的人，是吧？」強哥把視線移回溫禹宸臉上，問道。

溫禹宸毫不遲疑點了點頭。

他一點頭，我的心又紛紛雜雜地亂了起來。

一面怕強哥會不會在盛怒之下出手揍前來搭救我的溫禹宸，一面又暗暗開心，在溫禹宸心中，我或許真的擁有某個特殊的地位，不然他怎麼會三番兩次地在我發生危機時恰巧出現。

「那麼，按照規矩，你受我三拳，三拳打完，我放過她，你可以帶她走。」

強哥一說完，我的臉色瞬間刷白。

強哥的三拳是會要人命的！

站在我面前的溫禹宸卻不驚不懼地點了點頭，應聲，「好。」

「溫禹宸，不要。」

我扯住溫禹宸背後的衣服，眉頭皺得死緊，眼淚迅速掉下來。

「沒事的，不過是三拳，挨一下就過去了。」

溫禹宸轉頭安慰我，聲線溫柔得讓我忍不住掉下眼淚。我一隻手死命地拽住他的衣服，把頭搖得像波浪鼓。

後來，溫禹宸還是一根一根慢慢扳開我拽住他衣服的手指頭，把我壓坐在一旁的沙發上，叮囑旁邊他認識的人看好我後，就跟著強哥走到撞球間一旁較大空間處，站在那裡等著強哥的那三拳。

強哥絲毫沒有手下留情，掄起拳頭，用力地往溫禹宸的肚子上揍過去。我看見溫禹宸被揍得往後退了一大步，痛得摀著肚子彎著腰。停頓了幾秒鐘之後，才又慢慢站直了身子，再度走到強哥面前，微笑著。

當強哥的第二拳落在溫禹宸肚子上時，我覺得我好像已經無法呼吸了，再這樣下去，溫禹宸就算沒有外傷，也一定會得內傷的。

我不要強哥原諒我，要殺要剮也隨便他了，我只要溫禹宸平安無事。

「喂，妳去哪裡？」

我從沙發上跳起來，一個箭步就直接想往溫禹宸身邊衝。一旁被溫禹宸囑咐要看緊我的男生見我有動作，連忙上前來把我拉回去。

「我、我不能看見溫禹宸被揍，我去換他回來……」

我的視線已經模糊了，眼淚一直從眼眶裡冒出、落下，持續不斷。

「剩一拳而已，很快的。」那男生安慰我，「這是我們道上的規矩，這三拳揍完，強哥就不會找妳麻煩了。妳放心，阿宸沒有那麼弱，他受得住的。」

「可是……」

「妳以後不要再管強哥的事了，他的事，不是妳可以管的。上一次……就是阿宸救妳的那一次，我也在場，阿宸救妳出去之後，隔天也是來這裡受了強哥三拳，強哥才讓整個事件落幕的。」

我驚駭地瞪大眼。

為什麼這些事沒有人對我說過？

如果早知道當初的事，是溫禹宸為我挨了三拳才讓強哥不再追究下去的，那麼今天，我再怎麼樣也不會來找強哥，不會讓溫禹宸再因為我而挨揍。

如果我真的能夠早知道的話……

強哥打完第三拳，溫禹宸已經痛得單腳半跪在地上了。

這次，我身邊那個男生沒再拉住我，甚至，他還推了推已經呈現半石化狀態的我說：「快點過去看看他。」

被他那一推，我才終於恢復知覺。

迅速衝到溫禹宸身邊，我跪在他面前，擔心得眼淚停不住，「你為什麼沒說上次你也替我挨了三拳？你如果說了，今天我就不會來了。」

溫禹宸抬起頭，看著我，忍著痛努力對我笑。他說：「不要哭……醜！」

他一說完，我哭得更用力了。

強哥不知道是不是受不了我的哭聲，我只聽見他嚷了一句，「吵死了！」就迅速走出撞球間。

我一邊哭，一邊爬起來想攙扶起溫禹宸。我一面拉他，一面哭著問：「溫禹宸，你還站得起來嗎？」

「我只是被揍肚子，又不是被打斷腳。」

他居然還有心情開玩笑！是不知道我有多擔心他嗎？

我都哭成這樣了，他竟然還笑得出來！

剛才拉住我的那個男生，這回也跑過來了。他幫我扶起溫禹宸，把他攙到一旁的沙發區坐著。

溫禹宸落座後，那男生拍拍他的肩，對他笑了笑，就離開了。

一轉頭，溫禹宸對上我擔心地揪著他看的眼神。

「我休息一下就好了。」還是那一派的輕描淡寫，溫禹宸看著我一會兒，嘆了一口氣，從一旁的茶几上抽了幾張面紙，遞到我面前。「擦一擦吧！鼻水都快流出來了……」

「……」好不浪漫啊，這個人！

電影裡才不是這樣演的呢！

通常在這個時候，男主角看到女主角為他哭得一把鼻涕、一把眼淚時，不是應該要溫柔地捧住女主角的臉，用他自己的姆指輕輕幫女主角擦去臉上的眼淚，再心疼地對她說：「不要哭了……」

不是應該要這麼演才對嗎？

哪有男生像他這麼掃興的？

一定是文藝愛情片跟情愛小說看太少的緣故吧！應該再多多訓練的。

可是……不知道為什麼，聽見他這麼對我說，我還是忍不住笑了起來。

拿過他遞過來給我擦鼻水的面紙，我為什麼會有一種幸福的錯覺？

我從裡面先撿出一張面紙，胡亂地在自己臉上抹了抹，把眼淚擦了一遍。其他的，我就兩張為一份地重疊對摺，對摺好，就拿來用力擤鼻涕。

這種時候，形象啊、氣質啊什麼的，已是天邊的浮雲了。

反正我哭得再醜的模樣，也全都被溫禹宸看過啦，不差擤鼻涕這一項了吧！

溫禹宸見我毫不顧忌地在他面前大聲擤鼻涕，先是一愣，隨即有一抹微笑，從他唇邊綻放開來。

「笑什麼？」擤完鼻涕，我沒好氣的問他。

他不知道，當著女孩子的面笑人家擤鼻涕的模樣，是很沒禮貌的行為嗎？

「沒有。」溫禹宸笑著搖頭，「我在想，我一定不是妳喜歡的那種類型的男孩子，不然妳不會這麼不顧形象在我面前擤鼻涕吧！」

聽見他的話，我先是一愣，心臟卻胡亂地跳亂了節拍。

「不……不告訴你！」我回答得又緊張又心虛。

溫禹宸聳聳肩，瞇著眼問我，「妳喜歡的人，是不是張爾陽？」

「啊？」

「我之前常看到你們說說笑笑地在這裡打撞球啊！」

「啊？」

「那裡有道暗門。」

我順著溫禹宸手指的方向看過去，只看到牆上有一面小鏡子，看不到什麼暗門啊！

「這間撞球間的老闆是我爸的朋友，他知道我喜歡打撞球，但又不希望我一天到晚跟我表哥或那些看起來像混混的男生玩在一起，就在那個小房間裡也擺了一張撞球檯。平時就只給我跟我爸，還有他的幾個親近好友使用。他為了不讓人輕易進出那個小房間，所以用鎖從裡面把門鎖住了，外面的門板上又貼上跟牆上一樣的壁紙，為的就是不讓人輕易看出來那是一道門。進出那房間必須要從外面另一個獨立門口進出，很多時候，我都會在裡面打撞球，有時無聊了，就站在那道門前，透過上面那個鏡面小方格，看看店裡的狀況。」

溫禹宸頓了頓，又接著說：

「上一次跟這一次，妳被我哥找麻煩時，我也都是從那個房間看到後，才衝出來的。」

難怪，我就想溫禹宸怎麼那麼神，每次我遇到困難，他就會很恰巧地跑出來救我。

原來不是什麼「心有靈犀一點通」，只是他剛好看見而已啊！

「妳跟張爾陽在一起時，好像很快樂，總是笑得很開心。」話鋒一轉，他又把話題拉回張爾陽身上。「不過我覺得這樣很好，張爾陽確實是個不錯的男生，你們好像總有說不完的話。我看妳平時雖然話不多，不過在他身邊，卻能吱吱喳喳說個不停。」

才不是這樣子的呢！

我在心裡喟嘆。

這塊木頭不知道，當一個人真的喜歡另一個人時，會變得很笨拙、很呆嗎？不知道就算平時是個舌粲蓮花、妙語如珠的人，一旦站在自己心儀的人面前，也會變得連話都說不清楚嗎？

我看著他，很多話埋在心裡，卻沒有一句能夠說出口。

如果現在，我鼓起勇氣向他告白，會不會嚇死他？

不過，如果我真的開口告白，說不定還沒嚇死他，我就先嚇死我自己了吧！

他送我回家的路上，天空開始下起細細的小雨。

雨不大，撲打在臉上，反而有種暑氣全消的清爽。

「糟糕，下雨了。」溫禹宸伸長了他的右手，攤開手掌，擋在我的頭頂上。

「沒關係啦，這樣反而涼快。」我笑嘻嘻的。

雖然溫禹宸什麼也沒說，但他一次又一次看似不經易，實則對我貼心的所有舉動，都足以醞釀出我對他無限加深的情意。

這樣的我，這樣站在他身旁的我，這樣被他保護著的我，真的是幸福的。

每一個與他有關的記憶，一道道、一則則，都將成為我生命裡一頁又一頁的美麗詩篇，足夠我永生回憶。

到我家門口時，我跟他的身上幾乎濕透了。

「妳趕快進去吧！小心著涼了。」溫禹宸催促我，臉上掛著令我著迷的帥氣笑容。

我點點頭，卻還是直勾勾地看著他，一動也不動。

「快進去啊。」溫禹宸又說。

我還是點頭，還是不動。

溫禹宸拿我沒辦法，只好說：「不然我先回家了，再見。」

說完，他也不等我回應，就轉身走回雨中。

「溫禹宸！」

就在他走了十幾步後，我突然出聲叫住他。

溫禹宸聽見我的聲音，停下腳步，回過頭來。

「我喜歡你……」

在淅瀝淅瀝的雨聲中，我壓低了聲音，小聲地對他告白。

站在不遠處的溫禹宸看得見我的嘴型，卻聽不見我的聲音，於是他雙手圈在嘴邊，揚著聲問：「什麼？」

我也學他將雙手圈在嘴邊，拔高了音量，對他說：「謝謝你，再見。」

我們的這一生，總是不斷地在練習。
練習著快樂與悲傷，練習著相聚與別離。
每一次的練習，
都是為了讓未來的自己變得更好、更堅強、更勇敢。

但是在未來過程裡，
卻不會因為過去的練習，
而變得更知道該如何去應付那些悲歡離合。
就像每一個愛過的人，
分離時，即使你已經從上一次的經驗中，
知道失戀的傷痛，與宿醉的痛苦，
再度遇見，仍會痛不欲生，仍想用酒精來麻醉神經。

可是，痛過之後，你依然願意勇敢地去愛下一個人。
即使傷痕累累，即使精疲力盡，你還是練習著不放棄。
因為我們都渴望擁有、渴望被愛，
渴望在寒冷的季節裡，有個可以相互取暖的擁抱身軀。
所以即使每一個離開的人讓我們失望，卻從沒讓我們絕望。

因為，愛情的本質，是良善的，是美好的。
醜陋的只是那些自私的心，與不純真的動機。

永遠都要練習著相信、練習著看見，
那些關於這個世界上的，所有的，美麗與希望。練習著遇見，下一個，更好的人。

接下來的日子，又重回平淡，我再度失去溫禹宸的訊息。

而且，就連周芷懿也不肯理我了。

有幾次，我鼓起勇氣打電話去周芷懿家，但接電話的永遠都是周媽媽。

每次，周媽媽只要一聽見我的聲音，就會很開心地跟我聊兩句，再叫我稍等一下，她要去叫周芷懿來聽電話。

但每次，周媽媽去叫了周芷懿後，隔了一下下又回來拿話筒，總是用抱歉的口吻對我說：「靜綺，抱歉啊！小懿說她要念書，誰的電話都不接。真的很對不起，這孩子最近陰陽怪氣的，妳不要見怪喔！要不然這樣好了，妳過兩天再打過來好了。」

「好的，謝謝周媽媽。」

每一次，我都用這句話當作結尾。

幾次之後，再怎麼笨的人，也都知道周芷懿是確確實實地在躲我。

最後一次打電話去周芷懿家，周媽媽問我，「靜綺，妳是不是跟我們家小懿吵架了？」

「是有些不愉快，但沒吵架。」我老實回答周媽媽。

「那妳知道小懿交男朋友的事嗎？」周媽媽又問。

「知道。」

「那個男生我覺得很……不ＯＫ，我跟小懿說的時候，她對我發了好大一頓脾氣，好幾天不跟我說話。」

周媽媽壓低音量對我說，嘆了一口長長的氣。

「我本來還想請妳幫我去跟小懿聊一聊的，妳們同齡的女孩子，彼此說的話也比較聽得進去。只是，想不到小懿居然連妳的電話也不接了。那孩子就是太任性了，一點點事情不順她的意，她就絕食、不講話當作抗議。都是我跟周爸爸不好，從小就太寵她，把她寵壞了，真對不起妳啊，靜綺，妳不要生小懿的氣喔！」

「沒關係的，周媽媽，我沒有生她的氣啦，真的。」

那通電話，我跟周媽媽聊了十幾分鐘，周媽媽大概是真的從周芷懿交男朋友的整個事件裡受了不少氣，又不能跟周爸爸說，所以有很多委屈擱在心頭。

趁著那通電話，她跟我說了不少她心裡的無奈。

從那次開始，我也就放棄再打電話給周芷懿了。

雖然很難過，但我多少也有自己的自尊。

對於一個拒我的關心於千里之外的人，我想我沒必要把自己的自尊擺放在她的面前，任由她恣意的踐踏的。

暑假結束後，我們終於升上三年級。

這是我們在國中的最後一年。

一年之後，或許有些人就會從此自我們的生命裡消失，有些人，或許還會陪我們再走一小段人生旅程。

我們新的國文老師，是個很感性的女人，她總是在課堂上跟我們分享一些人生理念，叮嚀我們無論如何都要珍惜身邊的人，提醒我們做人不容易，尤其是做一個能被大家都喜歡的人，更是件不容易的事。

「即使有很多人不喜歡我們，但也一定有喜歡我們的人。所以，每個人都不應該看輕自己。」國文老師最喜歡講這一類療癒心靈的話。

不過一直到我長大，那些話，總在我遇到挫折或阻礙時，就會不經意地從我腦海裡浮現出來，讓我有了繼續往未來旅程邁進的勇氣。

在那段身心還未完全成熟的年紀裡，國文老師的話，確實有一段時間被我奉為圭臬信仰著。

那時，我被國文老師洗腦到，認為自己的未來必然是個璀璨炫目的繽紛世界。

但是，國三第一次月考結束後的隔週星期二，張爾陽沒有到學校來上課。

我原本以為他是生病了，所以請假沒來學校。

然而接連三天他都沒到學校來，我不禁感到疑惑。

「妳會不會覺得張爾陽這次的病假請得有點久？」

跟我一樣疑惑的，還有沈馥萱。

「嗯。」我點頭，附合她的疑問。

「欸，李靜綺，妳想啊，會不會張爾陽根本就沒有生病，他說不定是遇到了什麼事，才沒來上學的？」

沈馥萱這陣子超喜歡看卡通《名偵探柯南》，常常動不動就自動開啟偵探模式，從一些微小的事物，找尋任何可疑的蛛絲馬跡。

偏偏只要一遇到課業上的問題，她的偵探模式就會啟動不了，整個呈現死當的狀態。

「我也不知道。」我聳著肩回答。

雖然我心裡也有著跟沈馥萱相同的猜測，但在她面前，我寧願裝傻裝笨，因為我實在很怕她會把自己當成「名偵探小萱萱」，然後拉著我東奔西跑，找尋事情的真相。

我不想要自己的日子過得這麼累，好嗎？

只是，沈馥萱都還沒來得及變身為偵探，我們就在學校校門前的玄關公布欄上，看到一張學校的處分公告。

公告上寫著張爾陽的名字，處分內容是他在校外參與集體鬥毆事件，學校酌於此為不可取之行為，予以兩支大過處分。

我看到這個公告時，頭都暈了。

兩支大過耶！這個張爾陽每次都一定要把事情搞得這麼驚天動地才肯罷休嗎？

沈馥萱的反應比我誇張多了，她直接對著那張處分公告哭起來，一邊哭還一邊問我，說她可不可以打破公布欄上的玻璃，直接把那張公告撕下來，攔轎喊冤。

「妳這又是在演哪一齣？」我問。

本來還在為張爾陽的事頭痛，但沈馥萱天兵般的搞笑問題，還是讓我禁不住笑了起來。

這個人，根本就是個娛樂效果超強的人才啊！

「我沒有在演啊！」沈馥萱抹著眼淚，一臉正經地對我說：「我是真的很想把那張公告撕下來，拿去學務處找學務組長，告訴他，他一定是記錯人了。張爾陽再怎麼壞，也不會壞到去打架啊！」

我看著沈馥萱，心裡的感覺很複雜。

雖然張爾陽的本性是善良的，但他天天跟強哥那夥人混在一起，出事也只是時間早晚而已。

我相信，學校會記他過，應該是已經抓到了某些證據，不然不會做出這麼嚴厲的處分。

再說，如果不是因為張爾陽在外頭闖禍，怎麼會這麼多天都沒來學校上課？除非是他又故態復萌蹺課逃學了……

我心裡還做了最壞的猜測，說不定張爾這幾天沒來學校，是因為他在那場鬥毆事件中受了重傷，現在正全身被包得像個木乃伊般躺在醫院裡……

但是這些想法，我一個也不敢跟沈馥萱說。她那麼愛替張爾陽操心，我怕我講出來，她又要哇哇哇地大哭了。

後來，我們當然是沒有打破玻璃撕下那張記過公告，也沒有去學務處攔轎喊冤。

我們只是去找了平日跟張爾陽走得比較近的那幾個男生，向他們問了張爾陽家的地址，打算放學後去他家碰碰運氣，看會不會遇到張爾陽。

張爾陽他家是一座古色古香的三合院，位於近郊的一處鄉間小道裡，外面的曬穀場上曬了一些玉米和我不知道名字的穀物。

「好像我鄉下阿嬤家喔！看起來真親切。」走在我一旁的沈馥萱一臉興致勃勃的興奮表情，眼睛發著光。

這時，一位婆婆從房子裡走出來，我一眼就認出這位婆婆就是張爾陽的阿嬤。

張爾陽他阿嬤瞧見她家門外站著兩個穿著制服、揹著書包的學生妹，便對我們露出狐疑的表情。

「阿嬤您好！」我率先露出甜美的笑容，對著張爾陽他阿嬤微微鞠躬，禮貌地對她說：「我們是張爾陽的同學，今天是幫他拿這幾天上課的重點整理過來給他的。」

說完，我便從自己書包裡掏出我自己平時上課整理的重點筆記，翻開後，恭敬地舉到阿嬤面前給她看。

阿嬤瞄了一眼我畫上五彩繽紛顏色的重點整理後，臉上的戒備馬上就鬆懈了下來，下一秒，她已經對我們露出和藹微笑。

「阿嬤，請問一下張爾陽他在嗎？」我趁機追問。

「喔，在在在，他在房間裡打電腦，我帶妳們進去找他。」

阿嬤說完，轉身就往屋子裡走，我跟沈馥萱則乖乖跟在她身後走。

她帶我們來到一間房間門口，敲了兩下房門後，用台語朝房間裡喊，「陽啊，你同學來找你了喔！」

阿嬤喊完，也沒等張爾陽回答，就直接打開門。

門一打開，我就看到張爾陽坐在電腦前，戴著耳機，正努力地在敲鍵盤，電腦螢幕裡是一個遊戲場景。

張爾陽聽見開門的聲音，轉頭看了一下。瞧見站在阿嬤身後的我們時他怔愣住了，手也不再敲打鍵盤了，我看見他螢幕上操作的人物被 Boss 魔王一個大爆擊後，掛了……

「來，進去坐，你們聊一聊，阿嬤去切一些水果給你們吃。」

阿嬤才不管張爾陽的線上遊戲人物有沒有被魔王打死呢！她只顧著對我們露出親切的笑容。阿嬤臉上的溫暖笑容，跟張爾陽那一臉驚呆了的表情形成對比強烈。

「阿嬤，不用麻煩了啦，我們跟張爾陽聊一下就要走了。」沈馥萱說。

「不麻煩、不麻煩，你們坐一下，聊一聊啦，不然我們陽啊在家實在太無聊了，不去學校也不讀書，一天到晚都在看那台電腦，還對著那個螢幕傻笑，看起來有點……」阿嬤說著突然就壓低了音量，把頭湊到沈馥萱跟我中間，舉起自己的左手食指跟中指合併後，敲了敲太陽穴，小小聲地說：「有點『爬帶爬帶』的。」

阿嬤一說完，我跟沈馥萱都忍不住笑出聲來。

張爾陽這時拔下頭上的耳機，皺著眉看著他阿嬤，「阿嬤，妳又在亂說什麼了？」

「喔，沒有沒有。」阿嬤很可愛地搖著手，笑著，「阿嬤什麼也沒有說，我先去切水果了，陽啊，你把你的椅子讓給你同學坐啦，人家特地來找你，不可以沒禮貌。」

說完，阿嬤就踩著愉快的腳步，朝廚房的方向走過去了。

張爾陽他阿嬤一離開後，我的拘謹瞬間全灰飛煙滅。

走進張爾陽的房間，我看見張爾陽臉上青青紫紫的，好繽紛。

看見他那一臉的傷，我的表情跟心情都還滿淡定的，但沈馥萱可就快崩潰了，我看到她一直皺著眉、摀著自己的嘴，眼神裡寫滿驚恐，像在看恐怖片的表情。

「打贏了，還是輸了？」我若無其事地問道。

張爾陽大概沒想到我會這麼問他，他看著我的臉，愣了幾秒鐘後才說：「沒有輸贏，因為打得正起勁時，警察就來了。」

「你們全被抓？」

「沒有。」張爾陽抓著頭，露出靦腆笑容，「只有幾個人被抓而已，那些有經驗的全都快速溜掉了，只有我們這幾個初上戰場的菜鳥不知道要跑，就被抓回警察局了。」

「呆子！」我橫了他一眼，「你事前功課沒做嗎？」

「打架這種事，哪有人在做事前功課的？」張爾陽被我糗，馬上不服氣地反問我。

「藝人要上台表演之前都知道要事先採排了。你們要打群架，怎麼沒有事先演練再上場？」我說得振振有詞，「帶你去的人是強哥他們嗎？」

張爾陽點頭。

「我就跟你說了強哥那種人不可靠。你看你跟了他，他居然也沒教你遇到警察時要怎麼逃。跟著這種人不會有好事的，你還是盡早離開他吧！」

張爾陽笑了一下，轉開話題問道，「妳們今天來找我幹嘛？」

「今天在學校公布欄看到學校對你的懲罰，又看到你已經好幾天沒去學校上課，就想說來你家看看，看你有沒有被打成重傷送醫院。」我口下不留情地說。

「說話很刻薄耶妳。」張爾陽說著，語氣裡卻沒有任何責怪的成分，又問：「我被記了幾支過？」

「兩支大過。」我回答他。

「喔！」張爾陽的眼神暗了下來，隨即他又刻意擠出笑容，「意料中的事！沒被退學已經很好了。」

「兩支大過已經跟退學差不多了，我看接下來這一年裡你都要乖一點了。再鬧事，說不定就真的要被退學了。」

張爾陽沒說話，低頭看了一下自己的螢幕，這才發現他的遊戲人物已經躺平在Boss的腳下，於是罵了句，「靠！掛了……」

「幸好是遊戲裡的人掛了。要是你掛了，那可就連『靠』也罵不出來了。」我繼續挖苦他。

「李靜綺，妳今天是吃到炸藥嗎？幹嘛一直酸我？」

「因為生氣啊！」我朝他走近一步，語氣不怎麼好，「也不秤秤自己身上有斤幾兩重，羽毛長齊了沒，就跟人家跑去打架鬧事，又不關自己的事，還硬要為了『義氣』兩個字就沒頭沒腦去跟人家拚個你死我活。你告訴我，意義在哪裡？解決事情了嗎？你們被抓進警察局時，你們的大哥出面保你們了嗎？嘖，一群沒腦的傢伙……」

「喂！妳罵我就好了，幹嘛連其他人都罵？」

「我就是要把帶壞你的每個人都罵一遍啊！尤其是強哥！沒腦的人，才會帶出一群沒腦的小弟。」

張爾陽看著我越說越生氣的激動表情，本來也繃著的一張臉，這回也忍不住彎起了唇角，笑了。

我見他被我罵還不怒反笑，又瞪了他一眼，「被罵了還笑，有病啊你？」

「沒有，只是我覺得妳怎麼這麼好笑，好像很愛為別人的事抱不平。聽說妳暑假時因為周芷懿的事跑去找強哥，害溫禹宸又為了妳，被強哥揍了好幾拳？」

一聽張爾陽提起這件事，我原本氣鼓鼓的脾氣瞬間全洩光了。

我無奈地點點頭，虛弱地問他，「你們的規矩太不合常理了，我看電視上的黑道喬事情，不是都是擺一桌宴席，大家說說笑笑、吃吃喝喝一頓，事情就圓滿解決了嗎？為什麼你們都要揍人才能讓事情平安落幕？」

「說妳笨，妳還真笨耶！」張爾陽受不了地瞪我，「電視演的也就只能騙騙你們這些不懂事的小孩子而已，如果真的用一桌宴席就能擺平所有的事，那這個世界上為什麼還有黑道火拚這種事？」

「咦？對耶……為什麼會有黑道火拚這種事？」我抓抓頭，不能理解。

「所以就跟妳說事情沒這麼簡單啊，揍肚子已經是最簡單的解決方式了。」

「我看你還是早點脫離他們好了，再這樣下去，你真的會變成小流氓一個。」

「這種事，妳就不用煩惱了，我心裡自己有分寸的。」

「有分寸個頭啦！」一轉眼，我又暴怒了，「有分寸你會去跟人家幹架，還被抓去警察局？」

「好了啦，妳真的很囉嗦耶，到底是要唸多久？」

我又狠狠瞪了他一眼，硬是把嘴裡那句「我是為你好」吞回肚子裡去。

回家的路上，沈馥萱開始纏著我問誰是強哥、誰是溫禹宸、誰又是周芷懿。

我一律輕描淡寫地帶過。

「哇，李靜綺，我真看不出來，原來妳的世界這麼多采多姿！」

面對沈馥萱的羨慕，我只是淡然笑一笑。

在內心有些悲哀地想著：誰會想在我們這種二八年華的黃金歲月時，就面對這麼複雜的交友環境？

但是，我卻無法從這樣的迴圈裡逃脫出來。在心裡，我明白，只要我還喜歡著溫禹宸的一天，我就必須跟那些人或深或淺地有交集。

接著，沈馥萱又像想到什麼般地問起溫禹宸跟我的關係，還問他為什麼為了我被揍。

本來，我一如方才想一語帶過，但沈馥萱這回偵探魂上身，問了一道又一道關於溫禹宸的問題。

「所以，妳喜歡他，對不對？」沈馥萱推推她鼻梁上的眼鏡，鏡片後的眼睛發著光，用十足把握的口吻問我。

不得不說，女孩子的第六感，有時候真的是滿詭異的。

見我點頭承認，沈馥萱莫名其妙地歡呼起來，然後在我驚異的眼神中笑著說：「原來妳跟我一樣，都是暗戀進行式。太好了，我們果然是好朋友。」

之後，沈馥萱對我的戒備心瞬降為零。

她後來才向我坦承，「其實每次我只要看到張爾陽跟妳講話，心裡就會很不舒服，覺得張爾陽可能喜歡妳，也覺得說不定妳也喜歡他。雖然妳總是對我說妳不可能喜歡上張爾陽，但那時我總覺得妳是在安撫我，在試圖降低我對妳的防備心。不過現在知道妳其實也有一個暗戀很久的對象，我就放心多了……」

「沈馥萱，妳的疑心病可不可以再嚴重一點？」我翻著白眼說。

「對不起嘛！在愛情的世界裡我就是個這麼小氣的人嘛！可是在友情的世界裡，我可是很大方的喔。」沈馥萱拉著我的手撒嬌，一張臉上堆滿討好的笑。

自從知道我心裡有喜歡的人，沈馥萱後來看到張爾陽跟我講話，都不會再臭著一張臉。偶爾，她也會加入我跟張爾陽的聊天內容，慢慢的，沈馥萱跟張爾陽也逐漸熟稔起來。

升上國三後，不知道為什麼，張爾陽的異性緣竟莫名地好了起來。

據我所知，從升上三年級以來，已經有好幾個女孩子向他告白了。

雖然每一個都被張爾陽婉拒，不過張爾陽那種四海皆兄弟的個性，還是願意跟那些女孩子們當朋友。

所以就算告白失敗，我偶爾還是會看到張爾陽跟某些聲稱喜歡他的女孩子並肩說說笑笑的走在校園裡。

為此，沈馥萱的心情又不好了，她說她就是不能夠接受有人靠張爾陽太近。

「妳真的很愛吃醋耶！」我取笑她。

「吃醋是在乎的表現啊！」她理所當然地回答。

「那不然妳去跟他告白啊！」我又激了她一句，「我就賭妳不敢。」

沈馥萱白了我一眼，自暴自棄地說：「我就是不敢啊，怎樣？妳咬我嗎？」

「自己膽小，還不准別人膽子大。」

「我也想要膽子夠大跟他單獨相處啊，可是我媽生我的時候，就沒生膽子給我嘛……」

沈馥萱哭喪著一張臉，可憐兮兮地說：「妳都不知道，每次妳跟他講話，我要走過去加入你們的話題時，都要先在一邊深呼吸一百遍以上，才能忍住腳不發抖地走過去，強迫自己聲音不顫抖地跟你們搭話。妳不知道我真的很辛苦！」

我一聽，很沒同情心地笑了起來。

「妳還笑！」沈馥萱拍打著我的手，一臉哀怨，「能不能有一點同理心啊？」

「好啦好啦！」我努力憋住笑，拍拍她的肩，「加油啊！等妳撐過去了，有一天不再喜歡他了，妳自然就會像我面對他時那麼正常，不會再發抖了啦！」

「這算是安慰嗎？」沈馥萱瞪我，「妳欠扁嗎？」

我只是嘻嘻笑，摸摸她的臉，接著板起臉，假裝正經地把前陣子在書裡看到的字句，照本宣科地對她說：「暗戀，是成長過程裡最美麗的一頁詩篇。」

「神經病。」沈馥萱又瞪了我一眼。

自從上次張爾陽在校外打架滋事後，我怕他會故態復萌又跟強哥那夥人混在一起生事，便在每個星期假日約他一起到圖書館讀書，複習功課。

一開始，張爾陽根本不想甩我，約他，他也不出來。

於是，我只好殺到他家去，死拖活拉地硬是把他拖出來。

起先，他還是不情不願的。我就跟他盧，加上他奶奶也來幫忙敲邊鼓，他只好胡亂地把幾本看起來新得像沒翻過的課本還有自修丟進背包裡，跟著我騎著單車到圖書館去讀書。

也許是太久沒有好好讀書的關係，張爾陽幾乎只要翻開一本課本，讀不到十分鐘，就會被書裡的文字催眠，直接趴在書桌上睡暈過去。

後來，我受不了他這種沒有任何進展的學習方式，只好認真地幫他在課文上畫起重點來。

「這裡、這裡、這裡、這裡，全都背起來。」我一邊說，一邊指。

張爾陽看到他的課本被我畫得紅紅綠綠，五彩繽紛的，本來還沒什麼感覺，但聽到我要他把我畫起來的重點全背起來時，臉就綠掉了。

「我神經病嗎？背這麼多是要背到腦袋壞掉的嗎？」他黑著一張臉對我說。

「我不是神經病，也是背這麼多啊！」我看著他，淡定地說著，「而且，我腦袋也沒因為背這麼多重點就壞掉啊。」

「這麼會背，怎麼擠不進班上前五名？」張爾陽激我。

我這個人最受不了被激了，一激，我的好勝心就會被激出來。

「那是我還沒展現我的實力好嗎？你等著看，這次月考，我一定拿下班上前三名。」

「喔？講得好像很厲害一樣！」張爾陽雙手抱著胸，一副完全不信任我的表情，「那萬一沒有呢？」

「沒有的話，我就……我就……我就請你吃冰。」我咬著牙說。

張爾陽搖搖頭，舉起他的左手食指，在我面前比著「1」。

我看了半天，沒看懂，只好問：「什麼？」

「請一個月，敢不敢？」

我倒吸了一口氣，「你土匪嗎？」

「要賭就要賭大的，才夠爽。」他說。

「好！」我豁出去，「我跟你賭。」

看見張爾陽露出勝利的笑容，我接著又說：「不能光拿我的成績當賭注，只爽到你。我們要公平一點，既然我都賭這麼大了，你當然不能讓賢，對不對？」

「不對，我是可以讓的……」

我不等張爾陽說完，又搶話說下去，「你至少也要擠進班上前二十名，不然就請我吃一個月的冰。」

張爾陽一聽，臉也綠了。

「這根本不可能……」

「在這個世界上，沒有什麼事是不可能的，你好好加油吧！」

我朝他甜美地笑了笑，便不再理他，全心全意背起我的英文單字來。

張爾陽坐在我對面，怔怔地看了我幾分鐘後，終於明白大勢已去，只好跟著翻開他的國文課本，跟課文裡的評析、註釋死命纏鬥。

從此之後，開始了我與張爾陽的良性競爭。

第二次月考前的小考開始之後，張爾陽的成績有了明顯的進步，大約是付出後的成果如此顯而易見，張爾陽就像變了個人似的，學習得更加認真，簡直到了走火入魔的地步。

下課時間，常常全班都一片鬧哄哄的，只有張爾陽獨自一個人坐在座位上讀書。

對於他的改變，我覺得很好，至少他能脫離強哥那一夥壞朋友，就已經對他的人生很有幫助了。

我第一次帶張爾陽到我家，是第二次月考前的星期六。那天，天空下著雨，圖書館因為連續假日的關係，沒有開放。

我跟張爾陽不知道圖書館休館，還冒著雨騎車想去圖書館看書。一到圖書館門口，才發現大門深鎖。

「不然，我們各自回家好了。」張爾陽提議。

但星期一我們就要考數學了，張爾陽的數理向來比我好，我有幾道問題還需要靠他幫我解惑，怎麼能夠就此算了呢？

「去我家好了。」我說。

「這麼快就要帶我見家長啦？」

張爾陽促狹地瞥了我一眼，說完後，馬上引來我一陣北斗流星拳。

「你能不能正經一點？」我瞪他。

「我看起來不正經嗎？」他指指自己的臉，一臉無辜。

他一說完，我的降龍十八掌接著也出掌了。

後來，在我的堅持下，我們兩個人像瘋子一樣，穿著雨衣，騎著單車，在雨中狂飆。

我媽來開門時，看到兩隻落湯雞，當場嚇得臉色都白了。

「媽，我帶張爾陽來我們家念書，今天圖書館沒有開。」

站在家門口，我揚著笑對媽媽說。

媽媽連忙把我們拉進屋裡去。又從房間裡找出大毛巾跟吹風機，還從爸爸的衣櫃裡找出一套還沒穿過的休閒服跟內衣褲塞給張爾陽，要他先去沖一沖熱水，換上乾的衣服以免感冒。

當然，我也比照辦理。

之前，我在家或多或少跟媽媽說過一些關於張爾陽的事，我媽雖然沒見過張爾陽，不過大概因為常聽我提起他，久了，多少也對他這個人有印象。當然，還包括他在外面打架被學校記過的紀錄，還有我為了不讓他繼續跟那些壞朋友來往，每星期拉他去圖書館讀書的事。

剛開始，我媽難免還是會擔心，她怕我還沒把張爾陽拉正，反而就先被他拉歪了。

不過，在我的保證之下，媽媽還是放手由我去。

幸好，接下來的小考成績，我的成長幅度讓媽媽完全相信我跟張爾陽是真的在念書。於是她也不再那麼緊張兮兮盯著我怕我變壞。

那天，張爾陽在我家念書念到傍晚，我們就直接坐在餐桌上複習著功課。那些我搞不懂的數學題，張爾陽一一幫我解決了。而張爾陽怎麼樣也背不起來的歷史朝代事件，我也一一傳授了我的背頌方式，增強他的記憶力。

我們在念書時，媽媽一直坐在客廳裡看電視，電視聲音調得非常小聲。我想，她多少有在偷聽我們的對話。

不過，我們的對話內容不是數學公式，就是一些專有名詞，我猜媽媽應該一點興致也提不起來吧！

張爾陽要回家時，外頭的雨已經停了。我媽不知道為什麼突然母性大發，一直要留張爾陽在我們家吃晚餐。張爾陽婉拒了，說他爺爺奶奶還在家等他回去吃飯，他不想讓他們等太久。

我媽只好從廚房拿出一些早上剛買的麵包跟水果，要張爾陽帶回家去，說晚上讀書如果肚子餓可以吃。

張爾陽推卻不掉，只好連忙道謝，拎著那一袋食物騎著他的單車回家了。

張爾陽一離開，我媽還望著他離去的背影，喃喃地說：「可憐的孩子。」

從我嘴裡，我媽知道張爾陽從小就沒有媽媽，爸爸又遠在他鄉工作，沒辦法常常陪伴在他身邊，只讓忙碌的爺爺奶奶帶著。交上壞朋友，也實在是情有可原的事。

我媽就是這樣的一個人，很容易對人產生悲憫心態，而且年紀越長，她的同情心就越氾濫。

我常想，在我小的時候，我媽對我的無視與無感，應該是由於我長期不在她身旁的關係吧！那時候，媽媽的年紀還輕，剛當上母親，加上爸爸的工作常讓她忙不過來，蠟燭兩頭燒的情況下，對孩子也就少了那麼點耐心與關注力。

後來，把我接回來後，經歷了我那段時間的不適應叛逆期後，我媽漸漸抓到了我的個性，知道我就是那種沒辦法乖乖聽話的孩子，只要順著我，不要太管著我，我就不會叛逆得太嚴重。

於是這幾年下來，她一直努力克制自己不要太追問我的事，偶爾好奇的時候提一下，我如果不講，她也就不再追問。

所以這些年，我們始終相安無事。

反倒是當年被他們捧在手心像塊寶的弟弟，自從升上國中，就開始叛逆了。

他知道我媽怕吵，就偏要聽吵死人的搖滾樂，還要把音樂開得超大聲，吵到媽媽在客廳看電視都聽不到電視的聲音。

他知道我媽不喜歡孩子染頭髮，就偏要把頭髮挑染成一撮一撮的金黃色。媽媽怎麼罵也沒用，爸爸差點跟他打起來，直到被學校記過，他才肯乖乖地把頭髮再染回成原來的黑色。

他知道爸媽怕他變壞才規定了他回家的門禁時間，他就偏要超過門禁時間幾分鐘，才肯乖乖進家門。我媽唸他，他還會編許多合理或不合理的藉口解釋他的晚歸。

我媽快被他氣死了。

所以當她看見張爾陽那陽光般的笑臉，以及他進退合宜的舉動時，大概覺得其實張爾陽就是個好孩子，只是因為沒有媽媽的關係，才會不小心走偏的。

那天之後，媽媽老提醒我多帶張爾陽回家，念書也好、吃飯也好，總之，讓他多來我們家，感受一下家庭的溫暖。

不過，我沒把媽媽的話放在心上，如果家庭的溫暖真的可以感化一個人，我想我弟應該就不會變那樣了。

第二次月考成績出來時，我以一分之差輸給我們班上第三名。

得知我的成績後，張爾陽笑得一張嘴差點裂到耳邊去。

而他，順利擠到我們班第十三名。尤其是他的數學跟理化成績，名列我們這個年級的前二十名內，跌破一堆老師們的眼鏡。

雖然他的成績進步了，我多少也感到開心，但是，一想到我要請他吃一個月的冰，我還是感覺不太舒服。

但是，願賭只能服輸。

「我一定要再跟你比第三次月考，我就不信我只有請客的命。」

我舀了一口冰放進嘴裡後，不甘心地對著坐在我對面眉開眼笑吃著花生雪花冰的張爾陽說。

「好啊！我們就再來比一次。」張爾陽倒是不囉嗦地直接收下戰帖。

「不過既然你有考進我們班前十五名的實力，那應該也有考進前十名的幸運吧！下次你如果沒有進前十名，就請我吃一個月的冰。」

「哪有這樣的？不是說好我只要進前二十名就不用請嗎？」

「那是這次的比賽規定，但是你讓我見證了奇蹟，所以，我相信下一次你一定會更好。」

「我怎麼感覺我好像誤上賊船？」

「怎麼會？」我舀了一口冰，含進嘴裡，對張爾陽眨了眨眼，擠出甜美笑容，說：「你從哪裡來的錯覺？」

張爾陽也學我擠出一個讓人毛骨悚然的笑容，回答我，「是錯覺嗎？那我可以不認帳嗎？」

「不可以！」我霍地一下坐正了身子，表情嚴肅……開玩笑！哪有他坑我，我坑不到他的道理？

「妳真是小氣。」張爾陽笑著罵我。

「反正本來就不怎麼大方。」我承認。

「真不錯，我喜歡誠實的女孩子。」

「你這是在向我告白嗎？」

張爾陽對我擠出一個皮笑肉不笑的神情後，說：「很可惜的，妳不是我的菜。」

「那正好，反正你剛好也不是我的肉。」

「知道啦！只有溫禹宸才是妳的肉啦，這個不用妳提醒，我可是一直記得牢牢的啦！」

我惡狠狠地瞪了他幾眼，「你可以閉嘴了嗎？」

「嘿嘿嘿……」

可惡的張爾陽！

我跟張爾陽的良性競爭就這麼持續到國三結束。

本來以為上高中後，又會是新的人生開始，想不到，一走進高中教室，我很悲慘地發現，我居然又跟張爾陽同班了。

「我是不是上輩子做了太多壞事，命運之神才會這樣子懲罰我？」我欲哭無淚地問著張爾陽。

一見到張爾陽坐在教室裡對我微笑揮手，我瞬間覺得我的人生似乎再也沒有光明的一天了。

「應該是妳做了不少好事，才有幸跟我的人生綁在一起。」張爾陽笑得眼睛都瞇成一條線了。

真想揍他。

「而且啊，」張爾陽把頭湊到我耳邊，表情神祕兮兮壓低聲音說：「偷偷告訴妳，妳的愛人溫禹宸先生，剛好就在我們隔壁班喔！」

「什麼我的愛人啊？你不要亂……說……」

我像隻被踩到尾巴的貓般跳起來低嚷著，但還沒嚷完，就突然意識到張爾陽後面說的話。於是我說話的音量馬上變弱，有些困難地吞嚥了下口水後，才吞吞吐吐，「你說……你是說……你剛剛是說……」

「對、沒錯、是的、正確、You are right，妳沒聽錯，溫、禹、宸，他就在我們隔壁班。」

我的臉「轟」地一下燒燙了起來。

我的反應一點也沒逃過張爾陽的眼睛，他壞笑了起來，歪著頭看我，取笑著，「唉唷，妳臉紅了耶……重遇初戀情人，果然是件令人心花朵朵開又羞怯無人比的事啊！」

「閉嘴啦你。」

這人是不逼我瞪他，他的皮就會癢嗎？

張爾陽這個幼稚鬼玩上癮，在我身旁繞來繞去鬧我。我轉頭不看他，他就又跳到我眼前，彎下腰，雙眼對上我眼睛對我嘻嘻笑。我不理他，轉身走掉，他就像橡皮糖般又黏過來。

煩死人了！

就在我第十三次瞪他，叫他滾開不要來煩我時，溫禹宸突然出現在我們面前。看見我們，他停住腳，站在離我們不遠處，靜靜地看著我們。

乍然遇見，溫禹宸臉上的震驚跟我一樣，只有沒神經的張爾陽還在一旁鬧我。

我眼睛看著溫禹宸，張開手掌，把我的手心貼在張爾陽的臉上，一掌推開他的頭。

「嘿！你們在這裡啊。」下一秒，溫禹宸已經展開笑容，朝我們從容地走過來。

聽見溫禹宸的聲音，張爾陽終於中止他過動的症狀，他向溫禹宸揮揮手，笑得陽光，「嗨！二哥。」

「二哥？」我一臉疑惑地看著張爾陽。

「幹嘛？」張爾陽睜著他那無辜的眼睛，轉頭看我，「他哥是我大哥，他當然就是我二哥啊！」

我翻了翻白眼。

「你還是叫我的名字就好了。」溫禹宸說：「被叫二哥，我也挺不適應的。」

「你不是早就沒跟強哥他們那群人來往了嗎？」我瞪他。

「一日為哥，終身是哥。」

「白痴。」

就這樣，本來已經漸漸死心，覺得跟溫禹宸或許這一生再不會有任何交集的我，竟然在上高中後，又重新跟溫禹宸有了接觸。

後來，從張爾陽的口中，我才知道，溫禹宸跟他表哥，早在他第一次為我的事搬出他老爸，還被他表哥揍肚子時，感情就已經產生裂痕。而周芷懿，是讓他們徹底決裂的關鍵。

「妳知道周芷懿跟強哥交往的事吧？」張爾陽問我。

我點頭，心裡一陣酸，想到她居然為了強哥那個渣男，寧願不要我跟她多年的感情。自那天跟她鬧翻了之後，她就再也不接我電話，毅然決然讓我們之間的情誼畫下休止符。

「前一陣子我在街上遇到周芷懿，她變了好多。」張爾陽說：「已經不再是我認識的那個周芷懿了。」

我看著張爾陽，無法想像他口中說的變了好多的周芷懿，到底是什麼樣子。

「她變成怎麼樣了？」

「變得很成熟，臉上化了很濃的妝，戴了假睫毛，穿著低胸上衣跟熱褲，還有一腳能把人踹飛出去的恨天高高跟鞋，頭髮剪到耳下，染了一頭金黃色的頭髮……嗯，那樣子一看就不像是學生，反倒像是援交妹……」

「張爾陽，你別亂說！」我板起臉喝止。

雖然周芷懿已經不認我這個朋友，但是過去的情誼，那些點滴美好，我還是珍惜著。不管怎樣，我都沒辦法接受有人批評她。

「我沒有亂說，妳如果親眼見到她，我保證妳一定也認不出來那個人就是周芷懿。」張爾陽委屈地強調。

我在心裡嘆氣。

周芷懿，或許妳跟我已經走在不同方向的道路上了。但是無論如何，我還是真心希望妳能夠快樂幸福，一如我初次遇見妳時那樣，擁有無限的活力，與無止境的樂觀，還有無人能敵的甜美笑容。

然而，就在張爾陽跟我提到周芷懿的近況的幾個星期後，我終於在一個星期假日，遇到了好久不見的周芷懿。

那是在一間便利商店門口，我跟張爾陽約好了，要一起去書局買製作加油板的文具材料。我們學校的校慶在十一月，校慶當天除了有例行性的運動會比賽之外，還有園遊會擺攤。

班上推選出兩組人馬，一組人馬負責製作園遊會相關宣傳海報及繪圖，另一組人馬則是負責製作運動會班際加油板及加油布條繪製。

我跟張爾陽的畫功真不是我們在說的，那圖一畫出來，會嚇死一堆同學，嚇哭一堆老師。套句我們班長說的話，「畫得比幼稚園的小朋友還不如，簡直就像是手殘的人畫出來的一樣……」

不知道是不是我們兩個人的人緣太不好，還是不小心得罪過什麼人卻不自知，如此手殘的二人組，居然還是被陷害成功，成為班級海報繪製的人員。

不過幸好大家都知道我們「驚天地、泣鬼神」的畫功，不敢貿然讓我們操刀海報的繪製工作，只好派我們負責採買繪製海報的文具。

就在我騎著單車，要去街上那間大型文具店跟張爾陽會合時，在必經的那間便利商店門口，我看見站在便利商店騎樓下拉拉扯扯的一對男女。遠遠的，還能聽見男生大聲咆哮的聲音。

本來，我對別人的家務事本就沒什麼興趣參與，但那男生的聲音聽起來有點耳熟，讓我忍不住朝那對男女的方向多看了幾眼。

一看，我就認出那男生是我恨之入骨的強哥，而站在他旁邊哭花了一張臉，頂著一頭金黃色短髮，穿著露肚小可愛及超短迷你裙的女孩，居然還真的是周芷懿呢！

我握了單車手把剎車，把車子停在便利商店外的馬路上，睜大了眼，看著正哭著一拳一拳往強哥身上打的周芷懿。

強哥跟周芷懿一個忙著生氣怒吼，一個忙著哭泣打人，全都沒發現停在一旁看著他們兩個人的我。

二分鐘後，強哥終於不耐煩地甩下周芷懿，跨上他的重型機車，「轟」地一聲加速駛離了。

留下周芷懿站在原地哭著大聲叫嚷著，「回來！你給我回來……」

那一刻，我的心頭湧上各種感受，酸的、苦的、感傷的、憤怒的、心疼的……千頭萬緒，密密交織。

我的眼睛看著明明跟我同年紀，明明能夠跟我一樣有著美好未來，明明可以如同一朵含苞待放的花朵，等著綻放出令人目炫神迷的美麗般的女孩，如今卻如同殘敗薔薇，未見盛開，已然凋零。

好好的一個女孩子，為什麼會變成這樣？

愛情，到底是一種拯救，還是一份摧毀？

我就這麼一動也不動地跨坐在我的單車上，停在便利商店外的馬路邊，眼睛直直盯著哭得傷心的周芷懿看。

有幾度，我真的差點就要走向她了。

只是，我想起她驕傲的自尊，想起她說的那句，「李靜綺，我討厭妳！」，想起她掛掉電話時，也一併跟著斷掉的，我跟她的友情……

有太多的躊躇，就這樣卡在我胸口，醞釀出我的怯懦。

於是，我就只能這樣，遠遠地，看著她。

遠遠地，陪著她。

心，是酸楚的。

眼睛，是溫熱的。

不知道過了多久，周芷懿大概是終於哭累了，她的哭聲已經停了下來，只剩止不住的哽咽聲還在繼續。

片刻後，她用手抹了抹自己的臉，擦掉臉頰上的眼淚，轉身時，卻一眼看見了我。

四目交會的那一瞬間，我感覺到自己的眼淚，在眼眶裡顫抖。

「李靜綺？」

濃濃的鼻音，像劃過天際的閃電，轟然打進我心裡。

周芷懿遲疑了幾秒鐘後，終於還是朝我走過來。

她的眼睛一瞬也不瞬的看著我，良久，才扯開笑容，她說：「妳看起來真好，好青春，好朝氣。」

聽見她這麼說，不知怎麼的，我的眼淚就掉下來了。

「欸妳……怎麼哭了？」見我莫名其妙掉眼淚，周芷懿有點慌。

「妳為什麼會變成這樣？」我從自己的單車上跳下來，把車子停好後，抓著周芷懿的手，心酸地問。

「怎麼了嗎？」周芷懿頂著兩顆哭得腫脹的眼睛，卻仍然努力想笑得燦爛，佯裝出快樂的樣子。她拉了拉自己的短髮，問我，「這髮色好看嗎？」

我搖搖頭，誠實回答，「不好看。」

周芷懿愣了愣，隨即笑了，「妳的回答果然跟我爸媽一樣。為了我這頭頭髮，我爸都快被我氣到快腦中風了，我媽啊，她……」

周芷懿話還沒說完，我就已經受不了的打斷她的話，流著眼淚對她說：「周芷懿，我可不可以拜託妳，回來吧！回到我認識的那個周芷懿。回到就算頂著一頭不燙不染的學生短髮，也依然好看到讓人頻頻回頭的那個周芷懿。回到就算脂粉未施，也依然能吸引一堆男生爭先恐後寫情書告白的周芷懿吧……妳回來好嗎？我好想念妳，想念以前的妳，想念那個老是會勾著我的手，跟我撒嬌的周芷懿……」

周芷懿看著我，本來還笑著的唇角，終於慢慢斂起了微笑，她的眉頭一皺，悲傷便從眼裡滾滾而落。

「太遲了，李靜綺。」

「不會，不會太遲。」我看著她，誠摯的說：「我們都才高一，還有大好的青春可以揮霍，只要妳離開強哥，把以前的周芷懿找回來，沒有什麼是不可以回頭的。」

周芷懿朝我悽惶一笑。

「真希望我也能擁有妳的單純與天真。」

我看著她，不能明白她話裡的意思。

周芷懿頓了頓，才惆悵地開口，「我懷了強哥的孩子。」

瞬間，我的耳朵嗡嗡作響，不敢相信我聽見的一字一句。

「可是，強哥他……不要這個孩子……」周芷懿笑著哭了，「他不要自己的骨肉……」

我聽見自己的心裡，有什麼東西正在迅速的崩毀。

「妳、妳爸媽他們……」

「不知道，他們全都不知道這件事。」周芷懿苦苦地彎起唇角，「這種事，我怎麼敢讓他們知道？」

「那妳怎麼辦？」我的眼淚又沒辦法控制，嘩啦啦地掉，「妳自己都還只是個孩子啊……」

「我不會生下他的。」周芷懿看著我，稚氣的臉上有老成的堅強，她說：「不被大家期待的孩子，我是不會生下他的，我不能讓我的孩子一生下來就不幸福。」

我的心裡漫過一陣又一陣的酸澀，為什麼明明是這麼好的一個女孩子，卻偏偏把自己弄成這麼不堪？為什麼明明有大好的錦繡前程，卻甘願為了一個不值得的人，扼殺掉自己的美好青春？

人生能有多少的第一次？如果每一個第一次，都必須含著眼淚來經歷，那這樣的人生，還有什麼值得期待的？

「那強哥他……」我艱澀地開口，很擔心周芷懿即使被他傷得傷痕累累，依然死心眼地選擇不放棄。

「我愛他，所以我不會跟他分手的。」

聽見答案的這一刻，我突然很想用力打周芷懿幾拳，看看能不能打醒她。

「強哥他不是個值得妳愛的人。」我皺著眉說。

周芷懿點點頭，「我知道。」

「啊？」

「我知道他不是個很好的人，我也知道他很花心，除了我，他還偷偷的跟別的女生約會、上床，這些我都知道。」

「那妳還……」

「可是李靜綺，當妳愛一個人愛到甚至連自己的生命都可以不要了的時候，妳在乎的就只剩他能不能陪在妳身邊，願不願意分一點注意力在妳身上。這麼卑微，連我自己都看不起自己了。」

我看著她，除了心疼，已經再也說不出什麼話來了。

周芷懿沉默了幾分鐘後，終於揚起笑臉，對我說：「好了，我也該回家去了，妳呢？」

「我跟張爾陽約好了，要一起去書局買東西。」我的臉上撐不起笑，依然苦著一張臉。

「欸，妳不要這麼愁眉苦臉的嘛，看起來好醜。」

周芷懿說完，就用她的雙手捧著我的臉，再用她的姆指壓住我兩邊的唇角，往上拉提，硬要拉出一個上揚的弧線，「來，笑一個。」

但她的手才離開我的臉，我的表情就馬上垮下來了。根本笑不出來啊！

我拉住她的手，淚眼婆娑地看著她，說：「如果哪一天，妳需要有人陪，妳一定要記得來找我，真的。」

周芷懿怔愣了一下後，點點頭。

我看見她的鼻頭紅紅的。

「還有，不要再掛我電話了，不管我對妳說出多麼過分的話，也是因為我太在乎妳這個朋友。人一著急起來，很多話都會不經大腦就說出來，妳不可以跟我計較，好不好？」

「妳很討厭耶！怎麼這麼愛記恨？」周芷懿笑著推了我一下後，又用自己的手背抹了抹眼睛，抱怨地說：「枉費剛才我還被妳說的上一段話感動到要哭了呢！」

「妳都不知道，妳那時候掛完我電話，又不接我電話，我有多傷心難過。」

「好啦好啦，對不起嘛！」周芷懿笑靨如花地瞅著我，「我那時就是腦袋裝屎啊，滿腦子都是我男朋友，才會聽不進妳的諫言嘛！」

我一聽到周芷懿居然會說出「腦袋裝屎」這樣的話時，瞬間滿臉黑線了。

「妳真的被強哥帶壞了，都會說出那種沒營養的話了。」

周芷懿吐了吐舌頭，露出俏皮的表情，「近墨者黑，這句話一點也沒有錯，所以，我們恢復邦交吧！我墮落的心靈，還需要妳來拯救。」

「離開那個渣男，會好得比較快。」我誠心建議。

「這個建議會納入參考範圍內，不過執行起來恐怕沒那麼容易，請耐心等待。」

講到後來，我們又像以前一搭一唱，說著一些沒什麼建設性的白痴對話。

然後我看見，周芷懿臉上終於綻放出許久不見的美麗笑容。

和周芷懿告別，我踩著單車，衝向書局和張爾陽會合。

抵達書局時，我看見張爾陽一臉不耐煩的表情，抱著胸，背靠在書局外面的柱子上，看到我時，還很不客氣的撇了撇嘴角，用手指指他自己手上的錶，再惡狠狠瞪了我一眼。

我手忙腳亂地停好單車，氣喘吁吁的跑到他面前，還來不及對他露出討好笑容，也還來不及開口道歉，他就先發制人了。

「有沒有時間觀念啊妳！」

那嘴臉，簡直就跟平常我罵他不守時的時候如出一轍。

這叫以牙還牙？

好！我忍。誰叫今天是我遲到，理虧在先。

只是，平時都是我在罵張爾陽，今天突然角色互換，被罵的對象變成我，心情多少還是有點不平衡。

於是，我繃著一張臉，從張爾陽的身旁飄過，往書局門口走去。

「欸，妳等一下啦！」

驀地，張爾陽拉住我。

「幹嘛？」

我回過頭，面無表情地睨了他一眼，又低頭瞥了瞥他拉住我的那隻手。

張爾陽順著我的眼神看過來，發現我正看著他抓住我的手時，連忙嚇得縮回手。

「呃，那個……妳要不要笑一下？」

我又瞟了他一眼，依然面無表情，「你有病嗎？我沒事幹嘛要笑一下？」

張爾陽抓抓頭，欲言又止的說：「我、我這個是……呃，為妳好。」

「好個……屁……」

我迅速回嘴，衝口就要飆出髒話，卻在講到最後一個字時，眼角餘光正好瞥到一個從書局裡走出來的人影。於是最後一個字的音，就這樣弱了下去，用只有張爾陽跟我聽得到的音量講完。

「太沒有淑女氣質了妳。」張爾陽低聲嘲笑我。

我沒理他，目光已經移到剛才從書局裡走出來的溫禹宸身上，緊緊追隨。

「來了？」溫禹宸看見我們兩個人站在書店外，便朝我們走過來，唇角微微上揚，露出好看的迷人微笑。

稍早之前，遇到周芷懿時，得知她懷了強哥的孩子而被弄糟了的陰晦心情，此刻一下子又被溫禹宸陽光般的溫暖笑容晾乾了。

現在心境一片晴朗。

「走吧！進去了。」張爾陽說完，就大踏步越過溫禹宸，朝書局內部走進去。

我傻愣了兩秒鐘，也跟在他身後走，經過溫禹宸身邊時，心臟還是不聽話地亂跳一通。哪知，溫禹宸一個轉身，就這麼和我並肩走在一起了。

他是故意的嗎？

難道不知道我看到他會有多緊張嗎？

因為他在我身旁，我覺得自己好像不僅走路同手同腳，就連心臟，也彷彿呈現麻痺狀態，感覺好像隨時都會昏倒送醫。

為什麼我對這個人就是那麼沒有抵抗力啊？

心好累。

於是接下來的時間，我沉默地跟隨在張爾陽跟溫禹宸的身邊走著、逛著，眼前的一切卻全都看不進眼裡，耳朵裡，也只聽到自己震耳欲聾的心跳聲。

溫禹宸不知道有沒有察覺出我的異樣。他常常會走一走，看一看，只要看到一件新奇的文具，就拿起來仔細觀看一下，然後把那文具遞到我面前，跟我分享它的新奇之處，或可愛的地方。

每次他只要這麼做，我的第一個自然反應，就是好不容易快恢復正常的心跳速率又瞬間加速，第二個自然反應，就是無法克制地咧著嘴對他微笑。

完成購物任務後，因為張爾陽他家跟我家是同方向，溫禹宸家跟我們的家是反方向，於是我們只好在書局門口道別。

一直到溫禹宸的身影已經消失在轉角，我還收不回凝視著他背影的目光。

這時，在一旁的張爾陽發話了，「好丟臉喔妳！」

聽見他的話，我瞬間回過頭去瞪他，目光如炬。

溫禹宸一離開後，我本來差一點就因緊張而不斷掉血的血槽瞬間滿血，ＨＰ跟ＭＰ值都滿格了。

全身的活力跟罵人的力氣，又重新回來了。

「你有什麼意見？」語氣理所當然是沒在客氣的。

「喂！差別待遇好嚴重啊！剛才妳對溫禹宸講話的聲音那麼溫柔有氣質，為什麼對我講話就恰北北，好像我是妳仇人一樣？」

「因為他長得比較帥啊！」

「去妳媽的，本少爺我也長得不賴好嗎？」張爾陽不服氣了。「妳沒看見我們學校一堆女生排著隊在等著要跟我告白嗎？」

他一說完，我連忙掏出自己的手機，作勢要打電話。

「妳幹嘛？」

「打電話給一一九啊。」

「打電話給一一九幹嘛？」

「告訴他們，有個精神病患在書局門口，叫他們來抓人。」

張爾陽一聽，當然知道我說的人是他，於是惡狠狠瞪了我一眼，沒好氣地說：「真是恩將仇報啊妳！枉費我還用盡心力挽留溫禹宸，想說幫妳製造一下機會呢。」

他不說還好，一說，我才想起來為什麼溫禹宸也剛好出現在這裡。

「所以，溫禹宸真的是你找來的？」

「我沒有特地找他來啦，是我剛才來這裡等妳時，他剛好經過，看到我，問我在幹嘛，我說我在等妳，又突然想到妳喜歡他，於是順便約他一起逛書局了。」

「但是你這麼做，我完全沒有心理準備啊！你知不知道我剛才緊張到快死掉？」

「所以我才說妳表現得很丟臉啊！」張爾陽沒良心地取笑我，又學我剛才走路的姿態，「妳剛才是這樣子走路耶，同手同腳，笑死我了。」

「還笑！」我一拳揮過去，嘟起嘴，「我這麼丟臉到底是誰害的？你要約他幹嘛不先問我的意見？」

「機會可遇不可求啊！」他說：「而且我滿腦子只想著要幫妳製造與溫禹宸相處的機會，沒有再想到更多了。妳說，我這樣是不是好朋友的表現？有沒有很貼心？妳覺得可以給我多少分？」

我看著他刻意討好的笑臉，翻了翻白眼，說：「八十七分，不能再高了。」

張爾陽聽完，又瞪我了。

「不要再瞪了，再瞪下去，你的眼睛就要抽筋了。」我沒良心地對他說。

回家的路上，我心情很好地一路哼著歌，對於張爾陽沿路對我說的話，我有一搭沒一搭地回著。

腦子裡不斷溫習剛才跟溫禹宸相處的時光，他的聲音、他臉上的微笑、他身上好聞的衣服香味、他拿著新奇文具用品給我看時，那彎得像兩枚新月的眼睛……

那些點點滴滴的，令我怦然的經過。

我反覆溫習著，一遍又一遍。

那天晚上，我作了一個和溫禹宸有關的甜蜜美夢。

隔天早晨醒來後，雖然已經忘了夢境的內容，不過還是記得那個美好的夢裡是有溫禹宸和我在一起。光是記得這一點，就足夠讓我的好心情持續一整天了。

高中生活，對我而言確實比國中生活有趣得多。

當然，課業壓力是比國中時期重，但因為高中校園裡有溫禹宸的身影，所以對於每天的上學，我總多了份期待。

張爾陽為此常取笑我，說我是隻如假包換的紙老虎，只會對他耀武揚威，一旦站到溫禹宸面前，馬上乖得像隻貓。

我完全無力反駁啊！因為事實就是如此。

學校校慶那一天，我們一大早就到學校準備園遊會的擺攤。這次的學校運動會，我們班非常團結地在校內舉辦各個項目初賽時，就成功完敗。連我們導師都嘖嘖稱奇，說他教學二十多年來，第一次帶到這麼奇葩的班級，竟然可以在初賽時就全數摃龜。

沒有辦法，我們班只好化悲憤為力量，把所有希望都放在園遊會的擺攤上。既然運動神經不如人，那就靠搶錢來力挽頹勢吧！

這次園遊會，我們班賣的東西是現打果汁。

我忘了當初是誰提議現打果汁的，只知道當這個選項被寫在黑板上時，就已經一竿子打趴了前面的任何一項提議，毫無懸念順利高票當選了。

我們班幾個愛搞怪的男生，還硬是要把我們要賣的果汁分別取名，比如，「紅吱吱西瓜汁」、「亮金金柳澄汁」、「白綿綿蘋果汁」、「黃澄澄鳳梨汁」……真是超級有事的！

班上同學大家有力出力，搬了五部榨汁機來，又跟水果商叫了幾箱水果，外加一大桶碎冰塊，就這麼有模有樣地做起生意來。

跟其他班級賣的紅茶、綠茶、冬瓜茶……那些普通到根本吸引不到什麼人氣的飲料比起來，我們班的現打果汁真可謂才一開賣就已轟動。

而且，大多數來排隊買飲料的，幾乎都是女孩子。

我跟幾個班上的女生在攤位後面幫忙切水果，張爾陽跟幾個男生在攤子前打果汁，偶爾我會抬頭看一下攤子上的販賣狀況，卻總能看到別班的女孩子特地跑來我們攤位前跟張爾陽講話，順便買果汁。

後來，換班時，張爾陽約我跟班上幾個同學一起去別班的攤位逛一逛，看看其他班級的攤位到底都賣了些什麼。

我走在張爾陽旁邊，跟他邊走邊聊，還不忘揶揄張爾陽一下，說：「平常也不覺得你異性緣有多好，怎麼才一個園遊會，就吸引一堆女生跑來找你聊天啦？」

「哼！我這叫深藏不露，好不好？」張爾陽撥了一下頭髮驕傲起來，「有句話是怎麼說的？嗯……好像是……花若盛開，蝴蝶自來。這句話真是充分表達我現在的狀況。」

「……」我覺得自己快要吐了。

怎麼有人可以自戀成這樣？

「張爾陽！」

正走著，突然有人叫了張爾陽的名字。

張爾陽跟我同時很有默契地停住腳，一回頭，就看到溫禹宸正站在我們後頭的攤子旁，手上拿著兩支烤魷魚，正對我們賣力微笑著。

張爾陽幾乎是毫不遲疑地直接朝溫禹宸走過去。

「二哥！」他一開口，又是這個稱呼。

「不是說不要再叫我二哥了嗎？」

「叫習慣了，改不了口。」張爾陽抓抓頭，不好意思地回答。

「改改吧！老這樣叫，我也不習慣。」

溫禹宸還是心情很好地揚著唇角，他把手上的一支烤魷魚遞給張爾陽，抬眼又對著站在張爾陽背後的我笑了笑，把另一支烤魷魚遞到我面前，說：「請妳。」

我眼睛盯著那隻外皮烤得看起來很可口的魷魚，內心洶湧澎湃到一個極點。心花怒放地接過溫禹宸手上的烤魷魚後，我正打算要張口咬一口，以示我不辜負這隻捐軀的魷魚「犧牲大我」的偉大精神時，溫禹宸又說話了。

「這是我自己烤的，我們班今天賣的是烤魷魚，我第一次烤，也不知道有沒有熟，你們幫我試試。」

我那澎湃的內心，瞬間就靜如止水了。

用手肘推推張爾陽，我低語，「你先試。」

張爾陽對我皺了皺眉，回我，「為什麼不是妳先試？」

「囉唆！」我偷偷地橫眉豎目，露出凶狠表情的瞪了張爾陽一眼，依然壓低著聲音，「叫你試你就試，意見那麼多是怎樣？」

「還是我來吧！」一旁的溫禹宸見張爾陽跟我互相推來推去，笑了笑，拿走我手中的烤魷魚後，直接張嘴咬了一口。

張爾陽跟我都睜大了眼，等著看他吃下自己烤的魷魚的反應。

溫禹宸咀嚼了幾下後，公布解答，「有熟。」

他一說完，張爾陽馬上興致勃勃跟著大口咬了自己手上的烤魷魚，但他才剛咬下去，溫禹宸又從容不迫的接著說：「……才怪。」

我看見張爾陽的臉色秒變，口中那口魷魚肉馬上就被吐出來了。

「二哥，你騙我！根本就沒熟嘛……」張爾陽的眉頭整個揪在一起，眉毛都快打結了。

「我話都還沒說完，你就猴急地咬了，我也沒辦法。」

我先是一愣，後來忍不住笑起來。看張爾陽被捉弄，不知道為什麼，心裡那爽度真的有夠高的，而且他臉上表情好多好豐富，娛樂效果特強。

原來，溫禹宸也是有玩興的一面。

笑鬧一陣後，溫禹宸也跟著我們一起逛起園遊會攤位。他走在我左邊，我的右邊是張爾陽，兩個男生說說笑笑的，我卻一路既緊張又開心的沉默著聽他們說話，嘴角噙著笑。

經過校門口時，有幾個男生拿著幾束玫瑰花叫賣，見到溫禹宸，很開心叫了他的名字。

「你們班賣花啊？」溫禹宸問其中一個男生。

「對啊！都是我們班那些無腦的女生提議的，說什麼賣花好賺又輕鬆，一定很快就可以賣完，結果我們從早上喊到現在，成交量是零，連一束都沒賣出去。」

「一束多少？」

「一百啊！」

「我幫你開個市，招個好兆頭，說不定等一下就賣光了。」溫禹宸從口袋裡掏出一百元給那男生，然後他指了指校園活動大樓的位置，對那男生說：「你們應該去那裡賣才對，那裡有很多男女生走在一起，過去跟男生推銷一下，應該賣得出去。」

「謝啦，溫哥。」

那男生收下溫禹宸的現金，又受了他的指點後，開開心心地跟其他夥伴抱著花往活動大樓的方向跑過去。

「喏，給妳。」

眼見溫禹宸把他手上的花束遞給我，我的腦袋瞬間死當。

這是一個告白的節奏嗎？

我抬眼看著他。

「我抱著花在學校裡晃來晃去也滿奇怪的，聽說女生都比較喜歡花，所以這束花就送給妳吧！」

原來不是告白，只是因為男生抱著花看起來比較奇怪的關係。

就在我收下花的時候，一旁的張爾陽出聲了。

「二哥，你這是在向李靜綺告白的意思嗎？」

張爾陽不說還好，他一這麼說，我的臉驀地火辣辣燒了起來，手腳都不知道該怎麼擺才自然了。

溫禹宸揚了揚唇，反問他，「你說呢？」

他這話是什麼意思啦？不否認是會讓我誤會的耶！

我睜大了眼看著他們，心臟撲通撲通地在胸口直敲，好像快要從咽喉裡跳出來似的。

「我說啊，你們兩個人就只有一個字可以形容拖。」

「拖什麼？」

「拖著不……」張爾陽才講三個字，又突然賣起關子，「唉呀，反正就是一個『當局者迷』的概念啦！不說了，說破就不好玩啦！我們去吃東西吧！」

說完，他就一溜煙跑掉了，留下一臉茫然的溫禹宸，和以為他差點就要說溜嘴，早已經被他嚇得六神無主的我。

校慶結束後，又回到一成不變的日常。

大概是經過幾次近距離的接觸，溫禹宸跟我慢慢熟稔了起來。只要在校園遇見，他一定會過來跟我說幾句話。偶爾，他還會到我們教室門口等我下課，只因為他忘記帶課本來學校，又不想找字跡鬼畫符的張爾陽借課本。他說看那種無法參透的天書，會影響到他原來平靜的心情，所以只好找我借。

我所有的課本，溫禹宸幾乎都借過，有時是數學，有時是國文或英文課本。每次課本還回來時，我都會忙不迭翻開課本，看看課本內頁有沒有他留下的蛛絲馬跡，可是每一次都讓我失望。

除了他幫我加註上去的重點之外，再也沒有其他的了。

溫禹宸的學業成績跟我不相上下，雖然我看他平時好像都在玩，也沒什麼念書，不過每次考試，他總能考出不錯的分數。

有一次，我跟張爾陽閒聊時，聊到溫禹宸的成績。那次校內月考，他一舉考進年級前十名，瞬間把本來跟他成績相差不遠的我狠狠拋在後頭。

我問張爾陽，溫禹宸是不是在哪裡補習。

「據我所知，他沒在補習的。」

張爾陽一回答完，我瞬間大驚失色，瞅著他，不敢置信，「你開玩笑的吧？」

「這種事有什麼好開玩笑的？」張爾陽一臉「妳少無聊了」的表情看著我，「有的人就是天生記憶力強、頭腦好，那也是沒辦法的事啊！」

「可是我記得他國小時，成績沒這麼好啊。」

「小姐……那都幾百年前的事了？現在怎麼還有人拿別人國小的成績跟他高中成績比？而且國小時，有哪個男生會真的拿書起來讀？那時靠的全都是實力，再不然就是猜答案的運氣。」

還有這種事？

不過自從張爾陽提過這事，我突然意識到，說不定溫禹宸真的就是頭腦很好的那種男生。那麼，他來跟我借課本，還在我課本上註記重點，或許並不是因為他是真的忘了帶課本來學校，而是他在利用這樣的方式，幫我加強重點。

忽然之間，有一股甜蜜的感覺滑過我的心頭。

也許，這就是溫禹宸想給我的，專屬的浪漫。

雖然他什麼也沒對我說，但我就是覺得感動。

那次被張爾陽點過之後，現在每次不管大考或小考，我都會把溫禹宸寫在我課本裡的重點一字不漏記在腦子裡，彷彿他寫在我課本上的，不是重點註記，而是他對我的情話絮語。

寒假過後的三月天，在乍暖還寒的季節裡，像頭牛一般壯的張爾陽，突然得了嚴重的重感冒，連著高燒不退，被他爺爺抓到醫院去看醫生，證實是得了A型流感，在醫院住了五天。

溫禹宸得到消息後，跑來問我要不要跟他一起去醫院探望張爾陽。

我一口答應。

約好了那個星期六早上九點碰面，溫禹宸說他會在公車站牌前等我。

那是我第一次跟溫禹宸一起搭公車。因為太過興奮，所以前一個晚上，我躺在床上睡不著，一直腦補著各種從電視劇或小說裡看過的，關於男女主角搭公車時擦出大大小小火花的小劇場，真是各式浪漫都有啊……

也不知道我到底在神經個什麼勁，總之，一直到窗外傳來公雞的啼叫聲，我才迷迷糊糊地睡著。

結果一覺醒來時，已經快要八點半了。

我嚇得從床上驚跳起來，換上前一天就準備好的T恤、牛仔褲，梳洗完後，連早餐都還沒來得及吃，就急急忙忙出門了。

跑到公車站前的路口時，我看見溫禹宸正好整以暇地站在公車站牌下，低頭在看書。

我放慢了腳步，氣息還有些喘，站在離他一小段距離的地方，慢慢的調整呼吸氣息，靜靜凝視著他。

沒有穿制服的溫禹宸，看起來比平常帥氣好幾百倍，就算只是一件再普通不過的棉T，跟一條洗得刷白的牛仔褲，但穿在他身上，就是那麼順眼好看。

簡直就是個衣架子。

偷看得正入神時，溫禹宸卻突然抬起頭來。與我四目相交的那一刻，他朝我丟出一枚溫暖的微笑。

然後眼睛就一直看著我慢慢的朝他走過去。

「早安。」他說。

「早。」我回答。

心跳還是很沒志氣地亂拍一通，怎麼這種一見到他就緊張的毛病，一點兒都沒有改善呢？

我在心裡深刻地鄙視沒有用的自己。

公車沒有讓我們等很久就來了，車上的乘客也不多，我挑了一個後座靠窗的座位坐下，溫禹宸跟著走過來，坐在我身邊。

一路上，我們什麼話也沒有說，只是肩並著肩。

我安靜看著窗外不斷倒退的景色，而溫禹宸則拿著他帶來的課外讀物，靜靜閱讀著。

空氣裡，有種靜謐的美好。

到醫院的路程並不遠，才經過三站，我們就到醫院外了。

走進醫院大門前，溫禹宸貼心地從自己的背包裡拿出一包拋棄式紙口罩，遞了一個給我。

「戴上，醫院裡面病菌多。」他說。

我乖乖戴好口罩後，才跟著他走進醫院裡。

才剛靠近張爾陽的病房，我們就在走廊上聽到張爾陽爽朗的笑聲，從病房裡傳出來。

這個人，就連生病都這麼有活力啊！

以為是什麼人來探望他，才讓他笑得這麼大聲。結果一走進病房裡，發現整間病房只有他自己一個人，正看著牆上的綜藝節目，呵呵笑著。

「你也真不簡單，自己一個人也能這麼high呀？」

一見面，我就忍不住要先挖苦他一下。

這幾天他不在學校，班上頓時安靜了許多，害我都不太能適應。

張爾陽一見到溫禹宸跟我同時出現，那臉上的笑容瞬間變得曖昧起來。

「唉唷，你們怎麼一起出現啊？」他擠眉弄眼地對我們做出欠扁的表情。

我站在溫禹宸身後，偷偷瞪了張爾陽一眼，他依然不以為意地嘻嘻笑著。

「帶了什麼好吃的來給我？」

見溫禹宸手上拿了一個禮盒，張爾陽的注意力馬上轉移過去，問道。

「蘋果。」

「又是蘋果！」張爾陽一聽見答案就哀嚎。他指了指房間一角，表情有些哀怨，

「你看看那裡，已經堆了一座小蘋果山了，你們為什麼不要貼心一點，買我愛吃的草莓或哈密瓜來給我吃？我都已經這麼可憐的被關在醫院裡了，就不能有一點同學愛嗎？」

我們順著他指的方向看過去，果然看到有七八箱禮盒堆放在那裡。

溫禹宸不慍不火地笑著，「不是有句話是這麼說的：一天一蘋果，醫生遠離我。你現在是病人，所以要乖乖吃蘋果，醫生才會遠離你。」

張爾陽的嘴角抽了抽，「什麼鬼啊……」

我們在張爾陽病房裡跟他閒聊了一陣，又問他什麼時候可以出院。

「醫生好像說明天就可以出院了，沒有意外的話，我應該會在家多休息一天，下星期二就會去學校上課了。」他說完，就直接看著我，又說：「到時妳的課本可能要借我抄重點一下了。」

「好啊。」我爽快答應。

時間接近中午的時候，張爾陽的奶奶提著兩個保溫壺來了。看見我，張奶奶還很開心地拉著我的手直說話，硬要留我們下來吃午餐。

但我知道張奶奶根本就不知道溫禹宸跟我要過來，帶來的飯菜大概也只準備了張爾陽跟她兩個人的分量，怕她為了要招呼溫禹宸跟我，還要跑到醫院地下室的美食街多花錢買飯菜，於是連忙婉拒，騙她說我們家的人已經幫我們準備好午餐，還等著我們回家去吃飯。

張奶奶只好不斷向我們道謝又道歉。

告別張奶奶跟張爾陽後，溫禹宸跟我在醫院附近隨便找了一間簡餐餐廳，打算好好安撫一下我們咕嚕咕嚕發出抗議叫聲的五臟廟。

等待餐點送來的時間裡，溫禹宸跟我閒話家常聊了起來。

我問起他是不是還去撞球間打撞球。

「很久沒去了。」他說：「我爸在我國三那年買了一座撞球檯放在我現在住的地方，從那時候開始，我就再也沒去過撞球間了。」

「所以你跟強哥……」

「我跟他現在已經比較少來往了。」

「是因為我的關係嗎？」

溫禹宸大概是沒想到我會這麼直白問他，他看著我，沉默了幾秒鐘後才回答，「妳是一部分的因素，當然還有其他的部分啦！」

他沒把話說清，但我光是聽到前面那一句，就又不可抑制地面紅耳臊了。

真的是……沒事挖坑給自己跳幹嘛？

溫禹宸頓了頓，又說：「前幾天，我聽到以前的朋友說周芷懿跟我哥最近吵得很凶，大概已經快不行了。」

我一聽，眼睛都亮起來了。

「真的嗎？」我問。

「妳為什麼看起來一副幸災樂禍的表情？」

「我當然開心啊！你也知道你哥他是個什麼咖，我們家周芷懿那麼好，跟你哥在一起，怎麼看都像是鮮花跟牛糞的對比。」

溫禹宸聽我批評他表哥是牛糞，非但不護短，還笑得十分開心。

「其實我哥今天會變這樣，我爸也有部分責任。」

「嗯？怎麼說？」

「我們家雖然世代都有黑道背景，但我姑丈……嗯，就是我表哥的爸爸，他其實是個國小老師，在我表哥出生後，我姑丈就一直希望讓那些黑道的事遠離我們這一代。所以，我們小的時候，我姑丈會把我表哥跟我帶在他身邊，拿書唸故事給我們聽，把我們帶進書本的世界裡。他覺得利用文字的力量，來改變一個孩子的世界觀跟價值觀，是最深入的方式，所以，他非常鼓勵我們閱讀。」

溫禹宸說著，「那時，我姑丈也跟我媽提過他的想法。我媽是個單純的家庭主婦，沒見過什麼大世面，她也認同我姑丈的想法，就全力支持我姑丈，盡量不讓我爸帶我出去。因為她知道，我爸帶我去的那些場合，必然會接觸到一些他的黑道朋友。我媽的想法很單純，就是能不看見就不看見、能避開就避開。

「在我姑丈的努力下，我表哥國二之前表現真的都非常優秀。從小到大，幾乎年年當選模範生，書也讀得很好。可惜，在我表哥要升國三的那年暑假，我姑丈因為一場意外的交通事故。走了，從此之後，我表哥變成一個沒有爸爸的孩子。而那時，正好是他進入叛逆期的重要時刻，我姑姑管不動他，只好託我爸爸幫忙管教。

「我爸那時就常把我表哥帶在身邊，他要出去跟人談事情時，就會帶一堆小弟出門，順便也帶我表哥出去。一次、兩次之後，我表哥看見了我爸的大哥光環，對我爸簡直崇拜到了極點。他的行為跟想法，就是從那時候歪掉的，但我爸知道我姑丈的遺願，所以也盡量不讓我表哥接觸太多他們的事，我表哥就利用我爸的勢力，自己出來招收小弟，但因為沒有我爸挺他，所以才會混得像個流氓一樣。」

我不知道，原來強哥有這麼樣一段令人鼻酸的過去。

「我因為還有我媽管著，所以我爸就不會像帶我表哥一樣把我帶在身邊。當然，我也有自己不想要變壞的理由。」

「是什麼？」我好奇起來。

溫禹宸深深的看了我一眼，淺淺一笑，「等時機到了的時候，我會告訴妳的。」

「……」

我最討厭賣弄關子了，好像揪著一顆心在那裡，明明好奇得要死，偏又得不到答案折磨著身心。

但是溫禹宸不想說，依我的個性，也不會逼問。

只好作罷。

吃過午餐後，我們又走到公車站搭公車。這一回，公車上的人多了許多，我們上車時，車上已經沒有空座位，溫禹宸跟我只好站在走道上，學其他站立的乘客高舉著手，拉住公車上的吊環。

這個公車司機大概是年紀較輕，開車的車速明顯比早上那個司機快很多，而且非常急躁，很喜歡急踩加油板跟剎車板。

我常被他突如其來的動作甩得東倒西歪，要不是我的手還緊緊抓著手吊環，大概也早就被他的甩到黏在駕駛座旁的擋風玻璃上了吧！

正想著，這個公車司機就像要應證我腦袋裡的想法般忽然急踩剎車。那突如其來的力道之猛，我的手雖然緊抓著手吊環，身體還是站不住要往前衝。

這時，一隻手突然伸出來勾住我的腰，把我往反方向拉。

等我回過神來時，我整個人已經靠在溫禹宸的懷裡了。

我們靠得很近很近，近到我都能感覺到他呼吸吐納的氣息，近到我彷彿能聽到我們兩個人的心跳聲，發出非常契合的合奏聲，撲通撲通撲通撲通……

接著，我聽見車上已經有幾名乘客在向司機大哥抱怨他爛死了的開車技術。老是這麼急踩急剎，弄得人都要反胃了。

司機大哥忙不迭地跟大家道歉。

接下來的路程裡，他開車的方式果然溫和了許多。

但是，溫禹宸卻沒再把他的手自我的腰上移開。他就這麼一隻手抓著他頭頂上的吊環，一隻手緊緊攬著我。

我沒問他這麼做到底是什麼意思，因為我的頭已經低到無法再低，臉上一片臊熱，腦袋渾渾沌沌，整個人紊亂到完全沒辦法思考了。

一直到我們到站要下公車前，溫禹宸才鬆開他放在我腰上的手。

而我，還是很沒有用地因為那個擁抱的溫度，遲遲回不過神來。

就連走路，也感覺不到腳踩在柏油路上的真實感。

覺得整個人就像是在半空中飄一樣。

送我到家後，溫禹宸在我家門口，輕聲跟我道別。

就在我頭昏腦漲轉身要開我家大門時，溫禹宸又叫住我。

「啊？」我回頭。

「從下星期開始，我每個星期日都會去圖書館讀書，我想問看看妳要不要跟我一起去？」

哇，好偶像劇的約會方式喔！

我在心裡歡呼。

以前看校園偶像劇時，總會出現男女主角相約去圖書館讀書，然後書讀一讀，兩個人就不小心因為一些小小的動作，而擦出愛的小火花的場景。比如借筆或橡皮擦啊，坐得很近討論功課啊。或是一個人讀書累了睡著，另一個人就坐在一旁，小心翼翼讀書，邊幫睡著的那個擋斜照進來的陽光……

種種足夠讓粉紅愛情心大爆發的浪漫情節。

「好啊。」

怕溫禹宸邀約完後會馬上反悔般，我連忙點頭答應。

「那我們再約時間喔，再見。」溫禹宸溫和一笑後，跟我道別了。

看著他漸漸遠去的身影，我的整顆心都是雀躍的。

能夠跟他就讀同一間高中，能夠跟他並肩走在一起，能夠看著被他畫上重點、寫著好看字跡註記的課本念書，能夠跟他說說笑笑……真的是這個世界上最好的事。

能夠喜歡上一個自己這麼喜歡的人，真是太好了。

我跟溫禹宸的圖書館約會，就這麼樣展開了。

不過，溫禹宸除了還是會在我的課本上註記重點，為我說明我不懂的數理方面的問題之外，那些我期待的小觸電，全都沒有發生過。

溫禹宸念起書來，真的是萬物不侵的。只要戴起耳機，無論是身旁發生什麼事，他全都無動於衷。

只全心全意地專心在自己的課本上。

看看別人，再想想自己，我終於能明白為什麼他的課業可以突飛猛進了。

就算沒有去外面補習，但看一個人讀書時的專注程度，多少能看得出一個人的學習態度。

在這一方面，我確實是自嘆弗如啊！

為了能趕上溫禹宸，我也不敢太放鬆，只要是跟他去圖書館，我一定卯足全力念書跟練習題型。

這麼努力的結果，終於在接踵而來的大考小考裡，讓我嚐到了甜美的果實。

成績整個大躍進啊！

我爸媽對於我本來的成績就已經覺得還算不錯。現在見我每個星期去圖書館苦讀後，成績又往前邁進一大步，就要我弟向我多學習學習，甚至還問我要不要也帶我弟去圖書館念書，改善一下他不上不下的成績。

我一聽，連忙搖頭拒絕。

開玩笑！我弟要是跟著來了，我是要怎麼獨享溫禹宸跟我的兩人時光啊？

我編了一堆聽上去很有道理的理由，試圖打消我爸媽要我帶著我弟一起去圖書館的想法。爸媽一聽，覺得似乎有理，也就不再勉強我了。

結果，解決了一個我弟，又來了一個張爾陽。

「我也要跟你們去圖書館念書。」張爾陽看看溫禹宸，又瞅瞅我，「你們太不夠義氣了，偷偷跑去圖書館約會，也不帶我去。兩個人的成績進步成這樣也不救救我，還是不是朋友啊？」

「你確定圖書館那種氣氛莊嚴肅穆的地方，不會令你如坐針氈或昏昏欲睡？」

在溫禹宸一針見血的詢問下，張爾陽連退了好幾步。

到最後，他終於放棄跟我們去圖書館奮發圖強。

「好啦好啦，基於朋友道義，我就不去當電燈炮了啦！不過，李靜綺，妳的課本要借我。」

「為什麼？」

「因為妳的課本裡有好多重點啊！有妳自己畫的，還有溫禹宸幫妳整理的註記，這麼好的武功祕笈怎麼可以私藏？不拿來分享一下，就太不夠朋友了。」

「好啦。」我無奈地答應。

只要他不像隻跟屁蟲一樣打擾溫禹宸跟我的獨處時光，他要求什麼，我都可以配合。

於是，我的課本就這樣一天借一本給張爾陽，借他帶回家去依樣畫葫蘆地在自己的課本上畫重點。

幾天之後，張爾陽拿我的歷史課本來還我時，突然神情曖昧又沒頭沒腦的問了我一句，「你們兩個還沒在一起啊？」

我被問得莫名其妙，睜大了眼看他。

張爾陽也睜大了眼看我。

「他不是都跟妳表白了嗎？」他又說。

「啊？」

見我持續莫名其妙的表情，張爾陽撐了幾秒鐘之後，放棄了。

「算了！瞧妳這豬頭樣，肯定是什麼都不知道吧！」

「知道什麼啦？」我最討厭人家故弄玄虛了。我抓著張爾陽的衣服，一副流氓樣的逼問他，「你知道什麼？快速速招來。」

「我……算了，這種事還是讓當事人自己處理吧！」

張爾陽一笑，又恢復原來那種痞子模樣。他扳開我的手，把我的歷史課本放在我的課桌上，笑咪咪地說：「答案就在課本裡。」

說完，他走到教室後面，一掌抓起籃球放在食指上旋轉著，吆喝班上那幾個他的球友，幾個人就蹦蹦跳跳往籃球場衝去了。

張爾陽一離開，我馬上翻開我的歷史課本，找尋張爾陽說的那什麼什麼的答案。但看了半天，還是只看到我畫的重點跟溫禹宸寫上去的註記，什麼告白、什麼答案，全都沒看出端倪來。

於是那天一整天，不管上什麼課，我都把我的歷史課本翻開著，放在課桌上的一角，一抓到空閒，就仔細朝歷史課本的頁面上看。結果一整天下來，我都已經把那幾課歷史課文背得滾瓜爛熟了，但答案啊告白啊什麼的，還是沒看到半個字。

接連下來好幾天，我的情緒都糾結在那本歷史課本裡，只要一有空，就會翻開來找答案。

後來，張爾陽又跟我借了國文課本去畫重點，隔天課本拿來還我時，又說：「這本裡面也有告白啊！」

我聽完，一把搶過他手上那本國文課本，翻開來，仔細找任何蛛絲馬跡。就連接下來的那堂數學課，我也沒認真聽，只全心全意翻著我的國文課本。

一如往常，我還是瞧不出課本裡有什麼異常的地方。

「妳真的是非常……眼拙耶！」

知道我還是沒找到答案後，張爾陽一臉恨鐵不成鋼的表情。然後，他拿給我一枝鉛筆，接著說：「請善用工具。」

我接過那枝鉛筆，還是一頭霧水。

這般偵探式的生活持續了大約兩個星期，有一天，在圖書館裡，溫禹宸問我，「妳的歷史跟國文，是不是遇到什麼困難了？」

「啊？有嗎？」

我看看自己手上拿的歷史課本，跟放在一旁的國文課本，一臉疑惑地看著他。

「我看妳最近讀這兩科讀得特別認真，以為妳遇到什麼難題了。」他說。

那一刻，我確實很想把我的課本直接遞給溫禹宸，請他直接幫我指點指點迷津，讓我知道他到底在我的課本上告白了什麼。

可是，我那膽小的心臟跟驕傲的自尊心，卻不允許我開口。

「沒有。」我只好朝他笑笑，「我就是想說要把課文都背下來，這樣考試比較好拿分。」

隔天，我又拎著我那兩本課本跑去找張爾陽求助。

「看在朋友一場，不重情分也要重義氣的分上，你就直接跟我說說，到底我要用什麼方法才能看得出來你說的那什麼告白吧！」

張爾陽瞥了我一眼，不出聲地搖了搖頭。

我不滿意了，嘟著嘴說：「你這樣很不夠朋友耶，看我都糾結成這樣了，也不出手搭救一下，有沒有江湖道義啊？」

「人家都要用這麼隱晦的方式表白了，目的大概也是要妳自己去發現，我如果直接幫妳，這樣不是壞了人家的一番苦心嗎？」

「……」

「我都已經給妳暗示了，妳怎麼就這麼豬頭？」

「我就是沒有當偵探的天分嘛！」我苦著臉，「不然我去找沈馥萱好了，她最喜歡玩偵探遊戲，說不定可以馬上幫我找出答案。」

「沈馥萱？」張爾陽抓著自己的下巴沉吟了片刻，「這名字好熟喔，她是不是以前跟我們同班過？」

我真想狠狠K他幾拳，難道在他心裡，沈馥萱存在感這麼低嗎？

「枉費她還喜歡了你三年，你居然不記得她是誰？」

「啊？」張爾陽大驚失色，「為什麼這種事我不知道？」

對別人的感情就能一眼洞悉，偏偏對自己的感情不知不覺，這大概就是所謂的「當局者迷」吧！

「現在你知道了也不算太晚啦！不過沈馥萱她在別的學校，也過著如魚得水的生活，最近剛交往了一個不錯的男朋友，你祝福她吧！」

「為什麼別人都能順利找到交往的對象，偏偏我身邊就是沒半個有緣人呢？」張爾陽哀怨地看著我抱怨，「人家我也好想交女朋友啊！我也好想在冬天的時候，有個可以相互取暖的對象啊！」

「要取暖還不簡單，現在市面上都有賣各種電暖爐，用來取暖超方便的，不過良心建議，使用時，請勿擁抱它、親吻它，否則後果自負……」

在我誠心推薦完後，張爾陽就直接走開，不想理我了。

進入暑假，溫禹宸還是跟我維持一星期一天的圖書館讀書行程。

每次去圖書館的時候，我還是會例行性地把前一個星期向圖書館借閱的書歸還後，再借一些書當我未來一週的精神食糧。所以每次，我的包包裡都裝滿了書，裝得很沉重。

溫禹宸知道我寒暑假都有看課外書的習慣，又看我的包包裡裝滿了書，便自告奮勇地主動在每個星期見面那一天騎著單車到我家門口接送我。

我心裡感動得無以復加，怎麼看，都有種似乎正在被追求的甜蜜節奏。

暑假過到一半，有一天星期五下午，當我終於把這星期跟圖書館借來看的最後一本小說翻完，正閒得慌時，突然想到我的數學。

學期末，數學老師在教最後一課時，有個數學觀念我一直模模糊糊的。那時跟溫禹宸提過問題，他也向我解答了，但我還是一知半解。

後來溫禹宸還跟我借過我的數學課本，拿去寫了一些解題公式在我的課本上。

不過那時接近期末考，我也只是大略看過去，沒有真正弄明白。幸好數學老師說，那次的期末考，最後一課的數學題型先不包含在考試範圍裡，我於是也就沒再把重點放在那一些我弄不懂觀念的數學題上了。

但是溫禹宸說過，數學這種東西是環環相扣的，只要有一個單元沒學好，接下去的學習可能就會出現障礙。

反正現在也沒事，我決定把數學課本重新找出來，隨手又拿了筆筒裡的一枝鉛筆跟一張計算紙，翻開最後一課，坐在客廳的茶几前，仔細研讀。

一開始，我還是有些迷迷糊糊的，只好把那一課數學從頭開始看。後來看到溫禹宸幫我註記公式的地方，我便認真看起來。一面看，手上的鉛筆一面一下又一下地無意識在課本的空白處輕輕畫著。

花了將近一個鐘頭的時間，我終於把整個解題方式弄明白了，那種豁然開朗的心情真是筆墨難以形容。

套句張爾陽常掛在嘴邊說的那句話，就是「怎麼一個爽字了得」。話雖粗俗，卻充分表達了心裡的感受意境。

一回頭，我才發現自己的數學課本的空白處已經被手上的鉛筆畫得亂七八糟了。拿著橡皮擦要擦掉那些墨色的鉛時，才看到在黑色的底色下，浮印出一行白色的字跡。

我喜歡妳

我一眼就看出那是溫禹宸的筆跡。

怔愣了幾秒鐘後，我突然想起張爾陽跟我暗示的「告白」。

瞬間，我從客廳地板上驚跳起來，衝進自己的房間，把那些曾經借給溫禹宸註記過重點的課本全都抱了出來丟在客廳的地板上。然後隨手抓了一本，翻開到有溫禹宸寫過字的地方，把課本裡的空白頁全用鉛筆塗滿。

我喜歡妳

我喜歡妳

我喜歡妳

我喜歡妳

我喜歡妳

我喜歡妳

我喜歡妳 我喜歡妳

有數以百計的「我喜歡妳」，充斥在我所有的課本裡，整個高一上下學期的課本裡，全都充滿了溫禹宸的告白。

只要有他標記過重點的頁面，就會有一句「我喜歡妳」。

我看著滿桌子的「我喜歡你」，摀著嘴，哭了。

他用這麼含蓄又直接的方式對我告白，而我從來沒發現？

然後，我把那些課本全部闔了起來，抱在胸前，套上布鞋後，踏出家門，努力地往前跑。

我一邊跑、一邊哭，又一邊笑。

一直到我終於停下來時，我才發現，我居然就這麼樣的跑過了半個城鎮，來到溫禹宸家門口。

按了門鈴後，我彎著腰，扶著自己的膝蓋，邊喘氣邊等著，等溫禹宸來幫我開門。

門開了，我看見溫禹宸打開門後，乍然見到我時，臉上掩飾不住的驚訝，還有神清氣爽的笑容。

見到我胸前抱著那一堆課本，溫禹宸突然什麼都明白了。

「妳知道了？」他問。

「到底是從什麼時候開始的？」一見到他，我的眼淚又變得不爭氣，「你到底是從什麼時候開始喜歡我的？」

「從我第二次教妳打撞球的時候就開始了。」

那是國小時候的事了。

「可是為什麼那時候你總是把我推得遠遠的？」

「因為那時候的我不夠好，我的家庭、我的成績、我的品行，都不夠好到足以跟妳在一起。」

「但是我不在乎……」

「可是我在乎。」溫禹宸接過我手上的那些書，把它們抱在自己胸前，他看著我，眼睛清亮，「我不能讓人家在妳背後指指點點，我必須讓妳抬得起頭，必須讓妳感到驕傲。」

我看著他，感動得說不出話來。

「所以我努力讓自己變得更好。上次我跟妳說過，我有自己不能變壞的理由，那時妳問我，我不肯說，但現在我可以告訴妳，妳就是我所有的理由。我不能變壞，因為我變壞的話，就沒辦法跟妳更靠近。我的家族裡有黑道背景，這是我沒辦法改變的事實，但我唯一可以改變的，是我自己。只有讓我自己變得更好，我才有機會跟妳同起同坐，才有機會跟妳在一起，這就是我的理由。」

「你已經變得這麼好了，為什麼不直接跟我告白就好？為什麼要用這種方式表白？萬一我一輩子都沒有發現你寫的那些隱藏告白，我們是不是就注定要錯過了？」

「所以我用了各種方法接近妳，試了各種方式讓妳明白我的心，我也給我自己三年的時間，如果這三年裡，妳還是明白不了我的苦心，那麼在高三畢業時，我一定會鼓起我最大的勇氣，直接向妳告白。」

溫禹宸摸了摸我的頭，淺淺微笑著說：「我不能什麼都不做就離開，我不想在我年老的時候後悔，後悔我放棄掉一個自己整整喜歡了七年的女生。」

「哪有七年啊？」聽他這麼說，我忍不住笑場了，「你算術真不好，哪裡有七年？」

「國小一年、國中三年，加上高中三年啊。」

「我們現在才剛要升高二。」

「但如果妳還是都沒發現妳課本裡的那些玄機，我就必須要在高三畢業時才會跟妳告白啊，這樣算一算，不是七年嗎？」

好！算你對。

「所以你現在是終於打算要跟我在一起了嗎？」我又問。

溫禹宸被我的問題問傻，定定看了我一下子後，說：「李靜綺，沒有人會這樣子問男生的，妳的問法好流氓喔！」

「不然要怎麼問？」居然說我流氓！

「妳只要告訴我妳的答案就好了啦。」

「喔，好。」我說。

然後，我們兩個人就四目相交地沉默了。

過了大約十秒鐘，溫禹宸終於受不了安靜，先打破沉默。

「妳要告訴我，妳的答案啊。」

「喔，好啊。」我秒答。

接下來，又是大約十秒鐘的沉默。

「所以……妳的答案是……」

溫禹宸又小心翼翼開口，他還沒說完，我就接下去說了。

「我都說『好』了，你還一直問，跳針嗎？」

「原來那個好，就是妳的答案喔？」

「啊不然咧？」

「我以為妳是在跟我說：好啊，我給你答案。所以我一直在等妳的回答。」

我撫額，要不要這麼沒默契啊？

平常的默契都哪裡去了？

「所以，我的告白成功了？」溫禹宸喜上眉稍地望著我笑。

「目前算是啊！」我點完頭，又說：「不過你下次可不可以不要再用這麼隱晦的方式跟我表達？有什麼事，請直接跟我說好嗎？不要來那種什麼明示暗示的那一套，我完全沒有偵探魂啊。」

「當然好。」溫禹宸走過來，牽起我的手，溫柔地說：「女朋友的吩咐，一定言聽計從。」

啊……女朋友耶！

這三個字從溫禹宸嘴裡說出來，怎麼就是特別順耳、特別好聽啊？

然後溫禹宸就這麼牽著我的手，慢慢地走。我問他要去哪裡，他說要在天黑之前送我回到家，因為讓女朋友的家人放心，是當男朋友的重要任務之一。

「那讓女朋友放心的重要任務是什麼？」

我仰著頭，看著高我半顆頭的溫禹宸。

溫禹宸低頭看我，然後他的臉離我越來越近、越來越近……

最後在我的唇上，輕輕的印上一記吻。

「承諾。」他說：「這就是我對妳的承諾。」

就這樣，我和溫禹宸在一起了。

感覺彷彿像一場夢一樣不真實，一直到我們都已經交往三個月，手也不知道牽了幾百次之後，我還是不敢相信自己的身分已經變成「溫禹宸的女朋友」這個事實。

偶爾瘋起來，我還是會用力捏掐著溫禹宸的手，捏得他唉唉叫，來證明自己並不是在作夢。

來證明，自己，是真真實實的跟溫禹宸在一起了。

張爾陽得知溫禹宸終於跟我交往了之後，並沒有太大的意外，只問我到底是怎麼發現溫禹宸的告白的。

我拿了他送給我的那隻鉛筆，得意洋洋回答他，「就是善用工具啊。」

張爾陽輕蔑地瞥了我一眼，鄙視的口吻，「憑妳那笨頭呆腦，一定是誤打誤撞才發現的吧！」

我最討厭被蔑視了，於是不服氣地扠著腰，問：「怎樣？你有意見？」

「意見當然是有啦！」張爾陽笑得賊兮兮，一副欠扁樣，「不過不是對妳，是要給溫禹宸一些良心的建議。」
「什麼建議？」我問。
「這種 man's talk 的事，怎麼可以讓妳一個女人家知道？」
哼！賣弄玄虛。
我瞪著張爾陽，「沒禮貌！你眼中到底還有沒有輩分高低？」
「什麼東西啊？」
我突然嘻嘻一笑，把臉湊到張爾陽眼前去，說：「叫聲二嫂來聽聽。」
張爾陽一臉飽受驚嚇的模樣，片刻才反應過來，「李靜綺，妳有病啊？」
「你叫溫禹宸二哥都沒病，叫我一聲二嫂就變成我有病？」我忍不住瞪了他一眼，「你才有病吧？」
「我叫他二哥，那是自然而然地說出口。但要讓我叫妳……那個，我實在是沒辦法。」
張爾陽為難地皺著眉，那模樣活像是便秘了好幾天一般的痛苦。
我狠狠瞪住他。
幾秒鐘之後，我已經用力拽住張爾陽的領口，強迫他，「叫不叫？你叫不叫？」

張爾陽死命掙扎。

「怎麼又吵起來了？」

驀地，溫禹宸的聲音從我身後響起。一聽見他的聲音，我就分心了，一分心，那隻拽進張爾陽領口的手就鬆開了些。張爾陽見機連忙從我手底下掙扎逃脫，衝到溫禹宸身邊去討拍。

「二哥，你老婆欺負我，她硬要我叫她二嫂……」

張爾陽那噁心巴拉的討拍聲，硬是激出我滿身的雞皮疙瘩。

溫禹宸一聽，臉上帶著笑看我，那笑容，意味深長。

我在他的注視下，不敢再造次，乖乖地立正站好，解釋著，「我……我就只是跟他玩玩……」

溫禹宸又回頭看看張爾陽，依然笑容可掬地說：「說了很多次了，不要再叫我二哥了。」

「我就是改不過來嘛！」張爾陽抓著頭回答。

「要不，你試著學其他同學那樣叫我『溫哥』好了。」

「呃……溫……溫哥……」

「一開始可能會叫不太順口，不過沒關係，多叫幾次，你就習慣了。」

張爾陽認真的點頭，又試著開口叫了聲，「溫哥。」

「你看，是不是順口多了？」

張爾陽又用力的點頭。

溫禹宸這時把我拉到他身邊去，雙手放在我的兩側手臂上，對著張爾陽說：「來，叫聲溫嫂。」

張爾陽瞬間一臉吃到大便的表情，愣在一旁，死活不肯開口。

溫禹宸也不急躁，仍舊是笑笑的臉。

「一開始不習慣也是正常的，但我說了，叫習慣就好了。」

溫禹宸一說完，我就忍不住偷笑起來。看著張爾陽咬著唇，一副天人交戰的模樣，心裡頭的那一個爽度啊，簡直已經爆表了。

片刻，張爾陽終於忍不住，抗議起來，「二哥，你真的被李靜綺帶壞了啦！怎麼好的不學，就偏要學她來欺負我？」

「叫溫哥，不要叫二哥。」

溫禹宸正了正臉色，提醒他。

張爾陽一臉挫敗的低聲又叫了聲，「溫哥。」

溫禹宸頗有大哥風範地點點頭，接著又得寸進尺地要求張爾陽，「那，叫聲溫嫂來聽聽。」

張爾陽看看溫禹宸，又瞅瞅我，最後，他展現士可殺不可辱的英雄氣概，堅持威武不能屈地對我說：「妳就等下輩子吧！」

說完，身子骨輕巧地閃過我的佛山無影腳，就一溜煙跑走了。

張爾陽跑掉後，我一回頭，撞見溫禹宸帶笑注視著我的溫柔眼神。他伸出手，輕捏了下我的臉頰，問：「怎麼這麼愛鬧他？」

「因為每次他的反應都很大，超級好玩。」我嘻嘻笑。

「鬧我也是可以的，我可以隨便妳捉弄，不會生氣。」

「不要，你不好玩。」我認真回答，「你的反應都太淡定了，整個氣場太強，我鬧不動。」

「所以言下之意是……」

「言下之意就是……」我靠過去，自然而然的挽住溫禹宸的手，灌迷湯似地說：「我才捨不得欺負我的男朋友啊！」

「喔？」溫禹宸揚了揚眉，看著我。

「男朋友是用來保護的，不是用來欺負的。」我加強語氣的強調著，整個霸氣外露。

「所以妳的意思是，以後換妳罩我？」

「這是當然的。」我拍著胸脯保證。

「那以後我們是不是男主內，女主外？妳負責賺錢養我？」

「那是一定要的啊！」我說完，又怕傷到溫禹宸的自尊心，偷偷看了他一眼，說：「不過如果你要是覺得這樣子不好，那……」

「怎麼會不好？可以光明正大吃軟飯可是我畢生所願呢！」

說完，他伸出手攬住我的肩頭，用力抱了我一下，換他灌我迷湯。

「這個女朋友真好，我一定要好好珍惜，就算拿金山銀山要跟我換，我也絕對不換。」

溫禹宸一說完，我就忍不住臉紅了。

這句「不換」，可比任何甜言蜜語都還要甜呢！

我盯住他，眼睛閃亮亮，「真的不換嗎？」

溫禹宸瞅了我一眼，笑著，「單戀那麼久，終於告白成功，為什麼要換？我又不是笨蛋。」

「那我也不換男朋友。」我抓住他的左手，把自己的右手貼上去，十指交扣。「記住，你這一輩子只能讓我罩，別的女人都沒機會了。」

「我為什麼覺得妳說話的語氣越來越像女流氓了？」

「有嗎？」

「有啊！難道是我帶壞妳？可是不對啊，我明明就是品學兼優的好學生，更沒在妳面前要流氓過啊……不過妳這樣很好，帶回我家去，我爸一定會超喜歡妳。」

「為什麼？」

「因為你們是一路人啊！妳的流氓氣質一定會讓他讚賞，說不定他會考慮培養妳來當他的接班人……」

「溫禹宸，你找死嗎？」

「死在妳手下，也算是件浪漫的事吧？」

「白痴。」

曾經，我以為幸福對我而言，是件遙不可及的事，直到我遇見了你才明白，原來幸福就在咫尺間。

你曾經問過我，在我的心目中，你被我定位在什麼位置。

那時我一直沒回答，因為害羞，因為怕說出來會被你笑，因為怕丟臉。

而那個我始終沒說出口的答案就是，對我而言，你是我，在這個世界上最重要的存在——不是之一，而是唯一。

【全文完】

國家圖書館出版品預行編目資料

你是我最重要的存在 / Sunry 著. -- 初版. -- 臺北市：商周，城邦文化出版；家庭傳媒城邦分公司發行，民 106.06
面　；　公分. --（網路小說；268）

ISBN 978-986-477-258-2（平裝）

857.7　　　　　　　　　　106008525

你是我最重要的存在

作　　　者／Sunry
企畫選書人／楊如玉、陳思帆
責 任 編 輯／陳思帆

版　　　權／翁靜如
行 銷 業 務／李衍逸、黃崇華
總　編　輯／楊如玉
總　經　理／彭之琬
發　行　人／何飛鵬
法 律 顧 問／台英國際商務法律事務所　羅明通律師
出　　　版／商周出版
台北市中山區民生東路二段 141 號 9 樓
電話：(02) 2500-7008　傳眞：(02) 25007759
Blog：http://bwp25007008.pixnet.net/blog
Email：bwp.service@cite.com.tw
發　　　行／英屬蓋曼群島商家庭傳媒股份有限公司城邦分公司
聯絡地址：台北市中山區民生東路二段 141 號 11 樓
書虫客服服務專線：(02) 25007718・(02) 25007719
24小時傳眞服務：(02) 25001990・(02) 25001991
服務時間：週一至週五09:30-12:00・13:30-17:00
郵撥帳號：19863813　戶名：書虫股份有限公司
讀者服務信箱 Email：service@readingclub.com.tw
城邦讀書花園網址：www.cite.com.tw
香港發行所／城邦（香港）出版集團有限公司
地址：香港灣仔駱克道 193 號東超商業中心 1 樓
Email：hkcite@biznetvigator.com
電話：(852)25086231　傳眞：(852) 25789337
馬新發行所／城邦（馬新）出版集團【Cité(M)Sdn. Bhd.】
41, Jalan Radin Anum, Bandar Baru Sri Petaling,
57000 Kuala Lumpur, Malaysia.
電話：(603) 90578822　　傳眞：(603) 90576622

封 面 設 計／黃聖文
版 型 設 計／鍾瑩芳
排　　　版／游淑萍
印　　　刷／高典印刷有限公司
總　經　銷／聯合發行股份有限公司
電話：(02) 2917-802　傳眞：(02) 2911-0053
地址：新北市231新店區寶橋路235巷6弄6號2樓

■ 2017 年（民 106）6月8日初版
■ 2017 年（民 106）12月6日初版3.5刷
Printed in Taiwan

定價／220元

ISBN　978-986-477-258-2

請於此處用膠水黏貼

商周出版

讀者回函卡

感謝您購買我們出版的書籍！請費心填寫此回函卡，我們將不定期寄上城邦集團最新的出版訊息。

不定期好禮相贈！
立即加入：商周出版
Facebook 粉絲團

姓名：＿＿＿＿＿＿＿＿＿＿＿＿ 性別：□男 □女

生日：西元＿＿＿＿年＿＿＿＿月＿＿＿＿日

地址：＿＿＿＿＿＿＿＿＿＿＿＿

聯絡電話：＿＿＿＿＿＿＿＿ 傳真：＿＿＿＿＿＿＿＿

E-mail：

學歷：□ 1. 小學 □ 2. 國中 □ 3. 高中 □ 4. 大學 □ 5. 研究所以上

職業：□ 1. 學生 □ 2. 軍公教 □ 3. 服務 □ 4. 金融 □ 5. 製造 □ 6. 資訊
□ 7. 傳播 □ 8. 自由業 □ 9. 農漁牧 □ 10. 家管 □ 11. 退休
□ 12. 其他＿＿＿＿＿＿＿＿

您從何種方式得知本書消息？

□ 1. 書店 □ 2. 網路 □ 3. 報紙 □ 4. 雜誌 □ 5. 廣播 □ 6. 電視
□ 7. 親友推薦 □ 8. 其他＿＿＿＿＿＿＿＿

您通常以何種方式購書？

□ 1. 書店 □ 2. 網路 □ 3. 傳真訂購 □ 4. 郵局劃撥 □ 5. 其他＿＿＿＿

您喜歡閱讀那些類別的書籍？

□ 1. 財經商業 □ 2. 自然科學 □ 3. 歷史 □ 4. 法律 □ 5. 文學
□ 6. 休閒旅遊 □ 7. 小說 □ 8. 人物傳記 □ 9. 生活、勵志 □ 10. 其他

對我們的建議：＿＿＿＿＿＿＿＿＿＿＿＿

【為提供訂購、行銷、客戶管理或其他合於營業登記項目或章程所定業務之目的，城邦出版人集團（即英屬蓋曼群島商家庭傳媒（股）公司城邦分公司、城邦文化事業（股）公司），於本集團之營運期間及地區內，將以電郵、傳真、電話、簡訊、郵寄或其他公告方式利用您提供之資料（資料類別：C001、C002、C003、C011 等）。利用對象除本集團外，亦可能包括相關服務的協力機構。如您有依個資法第三條或其他需服務之處，得致電本公司客服中心電話 02-25007718 請求協助。相關資料如為非必要項目，不提供亦不影響您的權益。】

1.C001 辨識個人者：如消費者之姓名、地址、電話、電子郵件等資訊。
2.C002 辨識財務者：如信用卡或轉帳帳戶資訊。
3.C003 政府資料中之辨識者：如身分證字號或護照號碼（外國人）。
4.C011 個人描述：如性別、國籍、出生年月日。

請於此處用膠水黏貼